葉子

Leaves Publishing

根

以讀者爲其根本

莖

用生活來做支撐

葉

引發思考或功用

果

獲取效益或趣味

愛鳥

鳳耘◎著

愛鳥

編 著 者：鳳耘
出 版 者：葉子出版股份有限公司
發 行 人：宋宏智
企劃主編：鄭淑娟
行銷企劃：汪君瑜
文字校潤：張雅惠
美術設計：許丁文
印　　務：許鈞棋
專案行銷：張曜鐘、林欣穎、吳惠娟
登 記 證：局版北市業字第677號
地　　址：台北市新生南路三段88號7樓之3
電　　話：（02）2366-0309　傳真：（02）2366-0310
讀者服務信箱：service@ycrc.com.tw
網　　址：http://www.ycrc.com.tw
郵撥帳號：19735365　戶　名：葉忠賢
印　　刷：上海印刷廠股份有限公司
法律顧問：北辰著作權事務所
初版一刷：2005年 1 月　新台幣：200元
I S B N ：986-7609-53-0

國家圖書館出版品預行編目資料

愛鳥 / 鳳耘作. -- 初版. --臺北市：葉子，
2005[民94]
面；　公分. --（紫薇）
ISBN 986-7609-53-0（平裝）

857.7　94000900

總 經 銷：揚智文化事業股份有限公司
地　　址：台北市新生南路三段88號5樓之6
電　　話：(02)2366-0309
傳　　真：(02)2366-0310

※本書如有缺頁、破損、裝訂錯誤，請寄回更換

目錄

愛情對手

高中的時期的導師，曾經告誡女孩們一句話，妳們還小，別急著談戀愛。因爲妳們不懂愛，認識的朋友也不懂愛，愛情是很美的，等妳們再大一點，再成熟一點，遇到的朋友，也比較成熟懂事，才能讓彼此體會愛情的美好。

女孩把這話聽進去了，認眞地充實自己，努力地品味生活。春去秋來，畢了業，唸了大學，來來去去地在校園裏穿梭，心底有個角落是屬於期待的，期待有那麼一個心眼如她的男孩，看出了她的好，對她提出邀請，然後她要對他很好很好，因爲他好眼光。

女孩大二時，這樣的男孩出現了，可不諳情事的心，不解風情。他在電話那頭抖著聲，說有事告訴她，她以爲他冷，要他先去加件衣服再講電話。他問：知道爲什麼我沒交女朋友嗎？她怎麼會知道？他說：因爲他在等心儀的對象。女孩莫名地答：哦。他問：知道我喜歡什麼樣子的女孩子嗎？女孩還是不解，她怎麼會知道？他自答，一個可以和他從物理到佛法，從攝影到五四天南地北無所不談的人，一個不會覺得那些話題無聊的女孩。他說現在這樣的女孩子出現了，她就是讓他心儀的女孩。

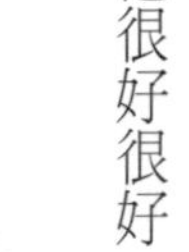

女孩不知該回答什麼，她說：告訴你一個好消息，我打工的老闆，幫我加薪哦。男孩寫了長長的五張信紙，表達他的心意，女孩不知怎麼回信，男孩電詢她的回應。女孩只說：不想失去一個好朋友。

從此，一廂情願地把人家當好朋友。她生日，他送她最愛的玫瑰。開在校園裏的玫瑰，他以鏡頭化爲永恆。她在這廂不解，相片裏的玫瑰開得太盛。他取鏡角度很好，但審美觀待加強，玫瑰要初開才具餘韻。他校慶，邀她前往，送她一把石斛。她怕自己玩壞了花朵，擱在一旁，風一吹，那他當義工忙了一天換來的花朵，飄落於淡水河岸。他要下堤去撿，她不忍他折騰，搖頭說：不用了。不明白他眼裏的失落爲的是哪樁。來年生日，他送了自己編織的項鍊，她羨慕他有雙巧手。他送的禮物，滿是用心：看完覺得好看的書、親手編的中國結、上山下海拍下的日升月落、她最愛的冷夜星空、他當義工換來的花朵。

一切的一切，她從沒能深刻地體會：那些善意的對待是出於怎樣的心思。直到多年之後，她傾盡心思對待一個打動她心弦的男子，直到多年之後，她也聽到了「妳很好，我們之間的互動，是一般人所沒有的，我什麼不可告人的事都可以對妳說，但妳就是一個很好的朋友，我對妳沒有男女之間的感情，我們還是朋友哦！」這話。她痛徹心扉，這才知道，曾經，得到過怎樣眞摯的情，也才知道，曾經，那不解情事的心，是怎樣傷了一顆熱情的心。

莊子裏面有個寓言：郢城有個人，鼻端沾了灰，蠅翼那麼薄。他叫匠石幫他去除，匠石拿起斧頭，虎虎地砍了過來，灰除去了，郢人的鼻子完好無傷，郢人也面不改色。宋元君聽說這件事，把匠石找來說：也在我鼻子上試試。匠石說：沒辦法。宋元君問：爲什麼？匠石說：我是曾經那樣砍灰沒錯，但那個能站在那裏讓我砍的對手，已經死掉很久了。沒有對手，我的斧頭也就沒有表現的機會了。

愛情是磨人的東西。高中的導師說對了，不懂愛，見不到愛情的美，但是她話只說一半。沒逢對手，也見不到愛情的美。

藉此，向那被我傷了的人，致上眞誠的歉意。

對不起！傷了你。謝謝你！那樣地捧著眞心走進我的生命。祝福你一切美好。

同樣地感謝讓我懂愛的人。你的無心，傷得我好痛。一路走來，我怨你想你氣你念你卻始終誠心祝福你。

因爲，你讓我懂了愛，懂了情。

謹以此書祝福天下有情人，皆逢對手。

書於2004年歲末

第一章

藏石谷

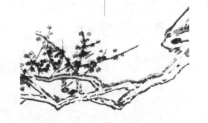

我叫言葭葭，是個平凡的國中老師。記得讀國中的時候，同學們都很怕老師。不管原先怎麼吵，老師只要音量提高，我們就鴉雀無聲。所以我很羨慕老師這個行業，每天只要教書、改作業，教個幾年之後，連課本都不用帶就可以工作了。

世上還有什麼工作比動動嘴巴、兇兇學生更輕鬆的呢？此外那時候，在文化基本教材裡面學到孔子「十有五而志於學」，所以也跟著立了個當時認爲偉大，現在覺得愚蠢的志向——當老師。

由於我的數學很差、英文不行、歷史有太多割地賠款的條約要背；地理則連去遠足，都要分辨得出那是什麼岩石；化學實驗有毒、物理定律太多；生物則是一不小心，就會出現毒蛇的圖片；健康教育裡頭有一章，連老師都講不清。想想，也只能當個國文老師了，於是我就愚蠢地朝著國文老師這個目標努力，一步一腳印地步上這條康莊大道。

這幾年來拜社會變遷迅速、政治局勢詭譎所賜，社會人心浮動、傳統道德崩潰，使得我的教書工作也變得複雜起來，因此特別羨慕我的國中老師。他們不必像我一樣，下了班回家，手機還要開著，學生家長很可能在晚上十點多還找不到學生時，打電話來詢問：他的孩子今天在學校有沒什麼異狀。

這時我不能說：「看起來好好的啊。」那樣馬上會被扣上不負責任的帽子。

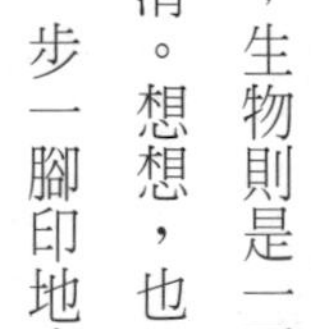

當然也不能回答：「是有一點不尋常。」那樣也會被扣上沒有危機意識、應變能力差的帽子。

「學生一旦有任何的不尋常，就該和生輔組連絡，這是身爲一個老師最基本的責任，這樣都做不到，憑什麼當老師！」校長一定會在開早會的時候，當眾這樣指責兼指示！

我的國中老師們也不需擔心，過了一個暑假，他是第一個發現班上的女生懷著兩個月身孕的人；更不用在輔導離家出走，跑去和中年失業男人同居的小女生時，被嗆一句：「老師！妳是ＬＫＫ的老處女，男女之事妳不懂啦！」

師道之不存久矣，早在一千多年前韓愈就這麼感慨！只是現在更厲害而已。我們沒事還要去修個第二專長學科以應變局，更別提「九年一貫」的新政策，把所有基層老師整得只能怪自己父母，小時候沒送他去學才藝，害他現在只能放錄影帶。

家長們希望我們利用寒暑假的空檔去進修，像是學學空手道、跆拳道、擒拿術以及空手奪白刃等技巧。不然老師有寒暑假，其他行業都沒有，實在不公平，而我們也認爲就算爲自己著想，也有必要去學。

因爲你無法預料，哪一天會接到學生打電話告知：班上有人要出去和幫派談判。這可不是報警能了事的，老師極可能比警察更快趕到現場，萬一場面失控，你得有能力保護那些不知死活的兔崽子。

此外，我還很擔心，整個社會再向下沈淪下去，哪天得去學習射擊技巧，以便在學生和幫派份子衝突，遭對方放冷槍時，有能力開槍打歪射向學生的子彈；還需加強化學知識，以便認出層出不窮的新毒品。更別說搜書包，會被家長指責爲妨害學生人權，卻又認爲校園吸毒風氣盛行，是老師沒把學生教好的結果。

這二十年前讓我羨慕的工作，已經變得壓力重重了（註1）。身爲現代人，如果不懂得紓解壓力，就枉爲現代人了。知道嗎？這也是一種壓力。我的職業是老師，不能和跟不上時代扯上邊，不然家長會懷疑你的教學能力，爲了要表現自己是個跟得上時代的人，必須有一個跟得上時代的活動。

身爲一個高齡未婚的女教師，還需要證明——我未婚，但心理正常的事實。更須一個看起來健康知性的活動。總之，爲了紓解壓力、跟得上時代、顯示心理健全，我和大多數國中老師一樣喜歡旅遊。

每年暑假，爲了展現我是健康又有活力，獨立又有能力的新時代女性，總會排出一些時間，到國外去走走。爲了完美的實現理財策略，我特別鍾愛到民生消費較低的中國大陸去自助旅行。

身爲一個國文老師，想要說服旁人，自己能夠勝任教職，不能不展現文化素養

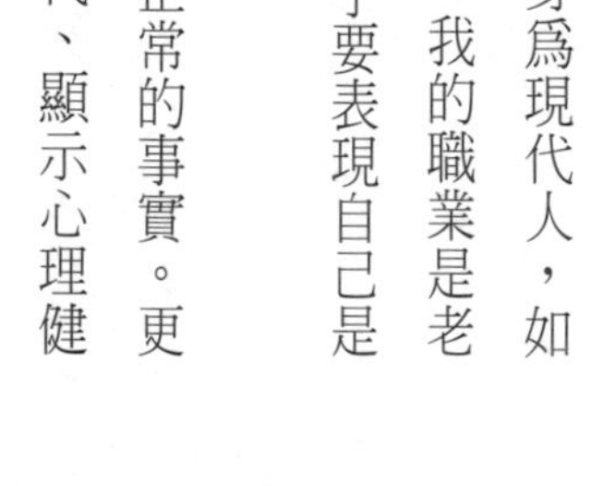

是吧！如果跟團去那邊走馬看花，一下子就被看出底細了。

所以杭州西湖、桂林山水、黃山奇石、廬山煙雨、泰山登高這些人文薈萃的熱門景點，不能不去。但不宜跟團，如果要跟團的話，就要跟個絲路、敦煌文化之旅之類的團才好。

此外，也可以自己設計旅遊路線，不過爲了方便將來回答同事們的詢問，得設計個武王伐紂、終南捷徑、諸葛亮七出歧山之旅；或是唐三藏取經、還是鍾理和的

1 人生是一連串選擇的累積。有時侯，我們的一個選擇，影響了往後幾十年的生活，所以我們必須要學會正確地做選擇。然而眼前看似正確、看似最好的選擇，經過了時空的轉變，可能多年以後，就不再是正確，或是最好的選擇了。這是人生無法避免的難題，我們卻常常得替十年後、二十年後的自己做出某些決定。例如：國中畢業後唸專科？還是讀高中再考大學好？高中分組選自然組好？或是社會組好？推甄好？或是指定考試好？直接就業好？還是再升學好？選擇和我愛但父母不滿意的人好？還是跟愛我和父母相處和諧的人結婚好？沒人保證你盡最大可能所做的最佳選擇，十年後、二十年後，事情的發展一定如當初所想。因此當事情關係愈重大，牽涉的時間愈長久，判斷時就愈是需要考慮時空變化的因素，留一些彈性，留一點空間，在執行時隨時因應變化。此外還要具備承擔選擇後果的決心。這樣不管我們當初的選擇是否正確，後果都不至於是我們無力承擔的。所謂成功，不就是能夠承擔生命中所有的事物，無論是好是壞嗎？

原鄉之旅。這樣才足以說服同儕、學生家長及學生還有社會大眾們，我是一個健康有活力、富創意、會改革的單身女老師。

那年夏天，不例外的，我又安排了暑假旅遊，地點是歷史上有名的隱居之地——終南山。

照例，找個當地的老師當導遊。她和我一樣是個中年婦女，有家庭、有小孩，不會有人懷疑她心理不正常，也不用擔心學生家長和學生認為她跟不上時代。她自稱小張，說要帶我到一個叫作藏石谷的地方。

夏日的蟬鳴熱鬧了整個山谷，清涼的山風吹來，消去所有暑氣，遠處傳來了隱隱約約的叮噹聲，在這喧鬧又寧靜的深谷裡，顯得特別引人注意。

看到這裡，身為頭腦清楚的讀者，自然地，您得要懷疑起我的專業能力才行，怎麼可能喧鬧又寧靜呢？這造的是什麼句子啊！

習慣大都會裡人車喧嚷環境的人，來到這山谷，自然能明白什麼叫喧鬧又寧靜。

「雖然蟬聲綿綿，然而在這沒有一絲人煙的清涼地，心很自然地波紋不生，所以寧靜，這是到過藏石谷的人都有的經驗。」以上這句話是我的地陪說的，而我深表同意。

綿綿的蟬聲確實很吵，但除了蟬聲之外，就只有我們的腳步聲和呼吸聲。有時蟬聲頓噤，就只剩我們的腳步聲了，而我們又心無雜念，您說這能不感到寧靜嗎？當意識重臨時，又是滿山滿谷的蟬鳴，您說這不是喧鬧嗎？

「那隱隱約約的叮噹聲，是什麼呢？」我好奇地問。那聲音好像來自天際，又好像來自谷底深處，有時很明晰，有時又飄忽得讓人覺得是幻聽。

「這也是來到藏石谷的人，必有的經驗。據說心中有情的人，聽到的響聲比較清脆，心中無情的人，聲響就比較沈悶，不過倒是沒人，沒聽到過那叮叮噹噹的響聲。」

「哦？誰先傳出這些的說法的啊？是什麼時候開始有這樣說法的呢？」我突然也生起類似〈春江花月夜〉作者張若虛，那「江畔何年初見月，江月何年初照人」的疑惑了。

「不曉得，從我懂事，關於藏石谷的傳說就是這樣！大夥都這樣說的。」

「爲什麼心中有情是清脆聲，心中無情較沈悶呢？那聲音到底怎麼來的？」那聲音既眞實又虛幻，實在無法判斷從何而來，眞的很奇怪。

地陪卻被我問得無話可答，只好這麼打發我：「說到底那叮叮咚咚的聲音，不過就是終南山南麓，一處山谷的一則傳說而已。」

我很上道的，小張都這麼說了，也就不再追問了。何況人家一開始就說是「據說」啦，既然是據說，就很難找到什麼事實根據，也很難追尋這話誰說的、從什麼時候開始，就別那麼認眞吧。

不過從小張的口中得知，藏石谷成爲一個新興的尋訪聖地，也不過是近幾年的事，這幽靜了幾千年，從來沒什麼人出入的山谷，突然之間火起來，成爲人們訪幽的景點。

「爲什麼？」雖然中國大陸很多不起眼的地方都挺美的，但沒歷史背景倒難成爲景點。

「這些年因爲經濟的提升，使得許多大都會迅速發展，人們所得提升，物質生活變得好了，精神生活也跟著出了問題了，人和人之間的關係也變化了，所以藏石谷被人注意了。」小張這麼答。

「爲什麼？因爲來這裡讓人覺得心情特別寧靜嗎？」

「這也是原因之一吧！另一個原因是這兒有個傳說，傳說這山谷的某些地方藏有情石，所以這個地方叫藏石谷。」

情石？我被這個傳說吸引了。「那是什麼樣的石頭？」

「傳說是緜從天界偷來的息壤，經過了幾千年的日曬之後，所形成的石頭。」

「哦？妳信嗎？」

這個問題問出了小張的尷尬表情。我理解一笑，這又是一個很難回答的問題。身爲地陪，她應該盡力地表現地方特色，即使是傳說，說得活靈活現讓人嚮往就成功了。爲難的是她是老師，她們那兒的老師不必擔心被扣上跟不上時代的帽子，但是不能被扣上迷信、不科學的帽子。

不爲難她，我丟出另一個問題：「所以現在很多人來這兒找情石嗎？」

「嗯！」

「眞的有人找到過嗎？」

「據說有，不過那是極幸運的人才找得到。」奇怪，小張說起藏石谷的一切，都用據說開頭。

「情石長什麼樣子呢？」如果長得好看，順便找一顆回家也好。

「青、紅、黃、白、黑，五種顏色，大大小小都有，質地很細，聽說像和闐玉那麼細膩。」

「妳說極幸運的人才找得到，這代表找到情石有什麼好處嗎？和所有靈石一樣都有避邪開運的效果？」爲了免除她被冠上不科學的名義，我自己把這帽子戴上好了，幸好我們這邊強調尊重多元文化，隨便說人迷信是膚淺的行爲。

她釋然地說：「聽說找到了情石，就懂得了眞愛，對愛情特有保障，很多情路迷惘的人都來這兒。」

「哦！了解！和黃山上的同命鎖一樣。」這兩年黃山上每條護欄鐵鍊上都掛了鎖，遊人把鑰匙拋到山谷下，以求感情不變。

「嗯！現象是相同，不過層次不同。花錢買同命鎖，是把希望丟給山神，這是他力救濟的心態，可找情石是自力救濟的表現。」小張說她先生是四川大學宗教所畢業的，看來他們感情好到彼此分享，她才有這麼清楚的宗教學概念。

「嗯，不過這情石聽起來好像和鑽石代表的意義相同。」

「還是有所不同，鑽石的意義只是象徵，情石據說是眞正具有那樣神奇的力量。常有人憂心滿面地來，走了一趟，心結就開了，輕鬆愉快地離開。人們說那是感應到情石的能量，光是來這兒感受情石的力量就如此了，眞的找到情石，帶在身邊，影響力更是非同小可。」怕我理解得不透徹，她又補充道。

「有哪個明確的地點，可以讓人找到情石嗎？」愈聽，我對這情石愈是產生了濃厚的興趣。

「嚴格說起來沒有，不過大多數的人喜歡到溪邊、山洞裡找！」

「但是我沒看到很多人啊！」一路走來，除了小張，沒看到第二個人類。

「這是藏石谷的特色，眞正來這兒找情石的人，不能一掛人來，通常是一個人，在山下請個地陪；或情侶兩個人，再請一個地陪；不請地陪也可以，就在山下買地圖，按圖走。」

「爲什麼不能一群人來？難道就沒整團的觀光客好奇來看看的嗎？」

「因爲感情的事，別人幫不上忙，所以一群人來，肯定找不到情石，如果是觀光客純好奇的話，地陪們會帶到前山，而不到後面這山谷。」

「他們難道不想來看看嗎？如果他們要求，地陪怎會拒絕？」

「因爲這後山，歸咱們藏石谷的人管，得依咱們的規定，咱們就是不讓一大群的外人來這兒，想來的人一定得遵守這規定。對要進來的人，咱們有挑揀的權利。」大陸有些偏僻的地方，完全由地方人士掌握，某些事物，連公安都無法干涉，倒是事實。

「哦！怎麼挑呢？」我倒好奇了。

「看緣分！地陪們或是商家們對客人有種想讓對方來的感覺，就賣地圖，或是帶來。沒有那種感覺的話，旅客要求，就帶到前面山谷。」她答得可玄了。

「難道沒有人以賺錢爲目的嗎？」

「就是沒有，妳可能很難理解，我也無法解釋，可這是事實，也許這也是情石的力量吧！它讓我們對這個山谷有著堅定的愛惜之情。」

咦？這一串話聊下來，我發現了一個問題，小張的態度好像變了。前面問的問題，她都說聽說如何如何，答案很保留，可是聊到情石的作用之後，不難看出她對藏石谷有著很深厚的感情呢！

「有沒有外人沒經過山下，從別處來到這兒呢？」

「極少，那也是和這兒有緣的人才到得了，咱們當然不會不讓他來。」

「那有沒有一群人誤入呢？」

「這倒沒發現過。」

我突然想到一件事。「妳爲什麼帶我來這呢？我只跟妳說想隨意走走，看看終南山各種不同的樣貌，根本連這兒都沒聽說過。」

「這也是緣分，昨夜我做了個夢，夢見自個兒帶一個來自台灣的女子來了藏石谷。今兒妳一下車，就直接到我面前，問我找地陪的事，妳說這不巧嗎？所以很自然就帶妳來這兒走走了。」

我抬起頭來，往上頭看，樹木高大，低頭看看四週，路旁還有些小動物的腳印哩！「這山谷沒有人家嗎？」

「有，很少，今晚我們就要住到這山谷裡的民宅，那些來找情石的人，通常也會在山谷裡住個幾天，就住在這些少數人家家裡。」

「前面兩條路，我們要走哪一條？」

「妳決定。」小張答道。

「有什麼差別？」

「一條到山谷左邊，一條到山谷右邊。」

「左邊好了。」莫名地我喜歡左邊。

我們從叉路上走過來，約莫半小時，就看見了幾間小茅屋。籬前還有些黃菊花呢！呵呵！這景致我可喜歡啦，「采菊東籬下，悠然見南山」耶！

「我們今天就在這兒休息吧！」小張告知道。

「嗯！」正好我也走得累了。

小張推開竹門，「主人還沒回來，我們自行安置。妳想單獨一間房嗎？」

「都可以！不用考慮費用的問題，妳決定。」我把選擇權留給小張。

「那麼我們先單獨睡一間房，如果到了晚上，房間不夠，再擠一間！」

「沒問題！」

「這兩間房，妳選一間好了。」

我仍是選左邊的。或許是偏執狂作祟吧！喜歡一個東西，容易一成不變地喜歡，前面喜歡左邊，自然就繼續喜歡左邊了。

小張露出一種淡淡的微笑，感覺上好像有點玄機，但又沒什麼不對勁。

放好東西，我跟她說：「走得有些累，我想休息一下，妳也自行休息，今天就這樣吧！等我休息夠了，只會在這附近散散步而已。」

「好的！要散步的話，可以來找我，屋子裡所有的東西都可以取用，如果主人家今晚沒回來，晚餐我們要自行打理。」

「沒問題！」

這倒是我到中國大陸那麼多次，第一次碰到的情況。在台灣、日本或是歐美地區，有些民宿或商店的主人相當瀟灑，一切採取自助式的，放個投錢箱在門口，客人買什麼、吃什麼，按價目表自己投錢進去即可。

到大陸旅遊多次，我總覺得大陸人對自己的利害之事，相當護衛，任何事情都分得清清楚楚的。有時候在風景區看見小販搶客人，態度之強悍的，自己認定的客人被同行搶走了，當著客人的面就打起來了。

輕鬆地坐在床邊，環顧四周，很簡單的一間小屋。這木床看來年歲久遠，角落的棉被也舊舊的，難得的是，乾淨，氣味良好；床邊有張小木桌，上頭一壺水，三個杯子；有個小窗，採光良好。

年入中年體力有限，走了半天山路，著實累了，我躺下來休息。閉上眼睛，耳中充塞了蟬鳴。在清晰的蟬聲中還夾著叮叮咚咚的聲音，忽隱忽現，時而清晰時而模糊。但我確定自己清醒著，雖然覺得累，可還分得出那是真的聲音，不是幻覺，而且比在路上聽到的更明確。於是我坐起身，仔細分辨那聲音的來處，聽出是來自於左邊的，心想，睡醒了和小張一起去找看看，於是又躺下了。

第二章

夢見青鳥

我做了一個夢，之所以知道是夢，因爲眼前出現了，身著唐代仕女圖上才會有的服裝的女子。那是個相當美麗的女子。看見她，讓我想起黃春明在他著名的小說《看海的日子》裡，形容白梅的句子：「見了她的人，都深信她以前一定很美。現在除了憔悴了些，仍然對男人有一股誘惑的魅力。」

我坐起身來，凝神地看著這美麗而憔悴的女子，她如夜空般墨黑的眼珠充滿了水光，映襯出她的眼白更顯潔淨。

那麼漂亮的眼睛原來是用淚水保養的！看著她流淚，我心中升起這樣的念頭。她在哭什麼？爲什麼這麼傷心？我心裡面困惑著。

「言老師！言老師！」是誰？是誰在叫我呢？我四處張望著，房子裡除了我，和那美麗的古人，並沒有別人。但呼喚聲卻在耳邊。

於是我明白了，我在做夢，叫我的人一定是小張，只要睜開眼睛就會醒來。因此我睜開眼，問題是我本來就睜著眼，並沒有躺著啊！我以爲是在夢中坐起來，此時才發現並非在夢中。於是我了解了！我在做夢，在夢中醒不來。所以只要再等一會兒，就可以醒了。不要慌，不要亂，一會兒我就醒來了。在夢中我這樣告訴自己。

「言老師，這裡，請看這裡！右邊，把妳的頭轉向右邊。」那聲音清楚地指示

著。

既然是夢，就給它繼續夢吧，夢完了就醒了。我這樣告訴自己，然後跟著聲音的指示往右轉。在眼前出現一隻青色的鳥，全身綠得發亮，眼睛非常的黑，牠停到我的右手臂上。

「言老師！別懷疑，就如妳所想的，是我在跟妳說話！哦不！妳向來要求語義準確，我應該這麼說，是我用腦波跟妳腦波裡的聲音系統溝通。」

這話讓我很驚奇！完全把我心裡的困惑回答出來。青鳥沒說話，但是有聲音，在我耳朵旁發出了聲音，不明白的是，我明明覺得聲音從左邊來，牠卻在右邊。

「那是因爲言老師先天右腦發達，後天偏信左腦功能，所以才會這樣！」青鳥又回答了我的問題。

爲什麼不直接用意念跟我溝通，卻要用聲音跟我溝通呢？我又產生了另一個問題。

「言老師平常只相信自己的頭腦，完全忽略感官，認爲身體只是大腦的工具，不了解妳的身體各部位都和大腦同樣也有意識的能力，所以我要訓練妳，善用身體其他感官去認識世界。」

所有人的身體都這樣，還是只有我的這樣？我又製造一個問題。千萬別怪我

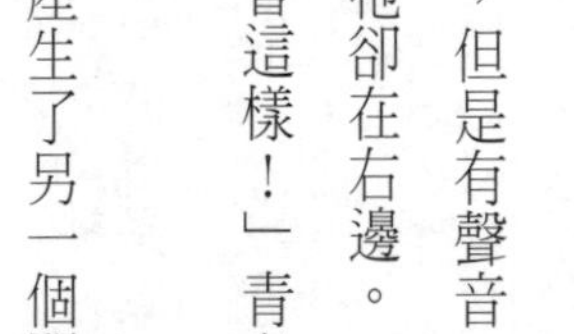

啊！這是當老師的職業病，我其實是受害者。

「妳得開口說話，我才回答這個問題，不能這麼懶，因爲意念傳達快，妳就不想用身體。」

這個夢還眞是麻煩！我忍不住地暗自抱怨。

「言老師，這是現實，不是夢，請妳面對現實！」小青鳥不悅地啄啄我的手背。

眞的有刺痛感耶，幸好我常做夢，知道夢境裡的情境是假的，但感覺是眞實的。在夢裡生氣，身心都會有生氣的反應，夢裡氣得發抖，身體會眞的聽從大腦的訊息發抖！因爲夢是大腦意識活動的一部分嘛！這種邏輯還難不倒我！

我又被啄了！更用力！

「如果不是因爲妳的老師研究西王母，我才不想和妳合作！」言下之意好像是在嫌棄有人那麼冥頑不靈，硬要把現實當夢境。

這夢愈來愈有趣了，我大學時，畢業專題的指導老師，以西王母研究著稱。讀過中國神話的人，都知道西方母身邊有隻青鳥，是西王母的使者！

我已經畢業多年了，老師還要在夢裡跑出來鞭策我！大家就不難想像，當年我有多麼敬畏他了，怕到多年後還夢到他的研究。

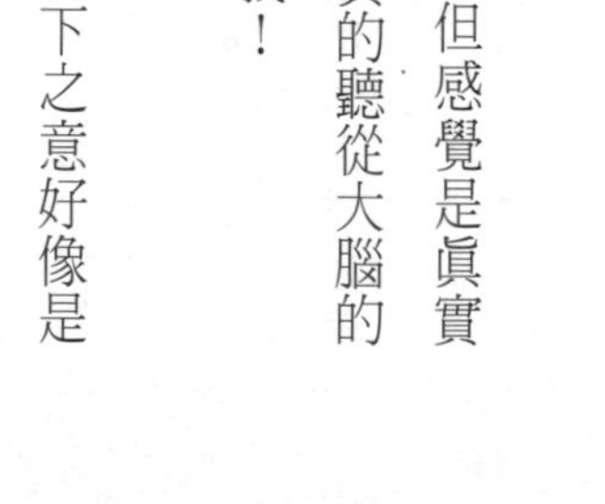

在夢裡我生起一絲懼意，意識到這個夢，開始要從奇怪的夢變成惡夢了，接下來一定是老師出現，問我我回答不出的問題，然後老師嚴肅地說，我給妳的訓練是希望妳能精進，不是讓妳拿到教職就毫不長進地當米蟲的。

「沒錯！枉費命運之神安排了一個嚴格的老師訓練妳！我都說得那麼清楚了，妳還只肯相信妳那只有邏輯的左腦袋。」青鳥又多啄我兩下。

好啦！好啦！我投降！別啄了，痛是真的耶！

「知道害怕了厚！求我啊！」青鳥可跩了。

「奇怪，明明神話時代還沒有電視，也沒言情小說，青鳥怎會被這麼芭樂的台詞污染呢？」我沒好氣地損牠。

「呵！呵！現在知道我的厲害了吧！時空距離對我而言是nothing！」

「好啦！知道你會英文了啦！」我白牠一眼！真是白目，被損了還得意。

「還說我！妳自己不也在看連續劇和言情小說，美其名說要了解學生的世界，其實是找不出什麼建設性的殺時間方法！」青鳥吐槽道。

「是！是！是！您說的完全正確！有何指教？大仙！」我徹底被打敗了。

「這還差不多！做人就是要有基本的禮貌嘛！我跟妳說了半天，怎麼可以還把我當成虛幻的存在呢？那是藐視人的舉動耶！」牠可逮到機會抱怨了。

「是的！這是小的的錯，請見諒！您有事快交代吧！」我現在知道爲什麼嫌人家多嘴，都是用鳥類嘰嘰喳喳的聲音來形容了。因爲鳥眞的很多話，至少這隻鳥就是如山的鐵證！

「我們必須合作完成一件事！」青鳥宣佈道。

「我以爲人類才霸道，原來動物都很霸道，您怎麼可以用這樣理所當然的口氣，告訴我這件事呢？知不知道合作的定義啊！」我火氣來了，生平最討厭的就是被命令。

從小被父母命令，長大被師長規定，工作時又被校長指定，出來旅行還要聽這扁毛畜牲的！欺人太甚了吧！

青鳥又啄我！「禮貌！禮貌！我是神鳥！虧妳還是個老師！妳這樣怎麼教得出有禮的學生？難怪現今人心不古、世風日下，都是你們這些當老師的，上樑不正下樑才會歪。第一線的教育人員都不能以身作則，以爲找個出身道士世家的人當教育部長，教育就會辨好、道德就會提升，果眞是有夢最美啦！」

和個會讀人意識的動物相處，眞是累人啊！特別是牠還會談及政治議題。

「大仙！請您講講人道精神好嗎？難道我不能有眞實的感覺嗎？我生氣就顧不得什麼教養，請您別讓我失去教養，ＯＫ？我不發火就能保持風度，就會很有氣質，就不會罵你是扁毛畜牲。」

牠睞我！

我笑了出來，多有趣啊！鳥也會撒嬌呢！

「我不是霸道、更非不人道，別以爲我喜歡和妳合作，像妳這種腦袋麻煩的人，我才懶得理會。我也是被規定的，我們西王母要我來找妳，一起完成一件事，這件事是天意，是我們的共同命運。霸道、不人道的是天意！要怪，妳怪天帝去！要怪，妳怪自己的命運！總之要怪誰是妳的自由，大可去怪，只是，這事沒得商量、沒得抗議！妳得和我一起完成這任務才行。」

我還是不想知道自己被註定了什麼麻煩事，雖然我娘小時幫我算命，算命師說我命格奇佳，能者多勞！

呿！騙鬼，當個國中教員需要什麼奇佳的命格。成天應付半大不小的青少年，就算有才能，也早被他們折磨殆盡了！

「如果我不接受呢？」

「妳就沒辦法離開此時此刻，妳的生命永遠定格在現在——我告訴妳必須和我合作的現在。」青鳥嚴肅地說。

說實在的，我並不害怕這個結果呢！現在並沒有多糟不是嗎？反正我看不見未來的美景，也已經過了期待未來、想像未來有多美好的年紀了，所以就算沒有未來又何妨呢？

「生命不是妳想像得那麼單純！小女孩！」青鳥語重心長地說。

「呵！居然叫我小女孩，我可是……」

不讓我把話講完，牠涼涼道：「以我活了幾億年的歲數，妳只是個小女孩！」

「西王母有幾億年的歷史？」呵呵！這下，我可以得到，比我的指導老師更珍貴的資料了！

「別想！我是不會洩露天機的！小女孩！妳的生命如果定格在這裡，就得和我的分身不停地吵架！這樣妳怕了吧！」青鳥的口氣，洩露了那麼一絲卑鄙！我肯定牠有惡整我的權限！

永恆地被一隻呱噪、沒耐性、壞脾氣的鳥惡整，絕對不是一個連在夢裡都非常講究理性的人，會做出的愚蠢選擇。我的人生只能犯一次愚蠢的錯，絕不能發生第二次。

「好吧！您成功的證明您的影響力了，宣讀天帝的聖旨吧！我要做什麼事呢？」

我繳械投降。

青鳥振振羽翅，清清喉嚨，羽端指著眼前的美女，開口道：「她漂不漂亮？」

「漂亮！」牠喜歡多此一舉，直接讀我先前的意識不就得了？但我不想再得罪牠了，配合度一百地恭順回答。

「她討不討人喜歡？」

「我見猶憐！」

「妳喜不喜歡她？」

「我不是同性戀，而且台灣也沒有同性冥婚的風俗！」青鳥難道也兼亂點鴛鴦譜的差事？

「沒創意又思想狹隘的傢伙！妳的腦袋就只能往那方面想嗎？真是可悲啊！這樣的人會教出什麼樣的孩子啊！難怪社會那麼亂！」青鳥怪不屑的。

「我確定你有職業歧視！就算你的女朋友被孔子的祖先搶走了，也不能把帳算到我頭上，別動不動以我的職業攻擊我，不然我要生氣了！」

「好吧！算我失言，但妳沒創意又思想狹隘是事實，誰說女人喜歡女人就是同性戀了？人和人之間可以有很單純的情感，那是心靈的層次，和性沒有關係，別把任何事都抹上性別的色彩！」青鳥居然一臉道德勸說的慈善。

「是！謹遵教誨！我要完成的任務，和她有什麼關連？」人和鳥鬥嘴是很不智的，所以我決定主導話題。

「妳知道她是誰嗎？」

「古人啊！我怎麼可能認識古人？您別耍我好嗎？大仙！聖使！直接告訴我該做什麼好嗎？」當老師爲什麼那麼可憐？還得對一隻鳥展現修養！

「瞧瞧！哪有女孩子就這麼點耐性？難怪年紀一把，連個戀愛都沒談成，妳不知道戀人講的，都是廢話嗎？沒耐性聽廢話，怎麼得男人喜愛啊？」

我長吐一口氣，誰來救救我？青鳥不是西王母的聖使嗎？爲什麼那麼庸俗化啊！我再瞪牠一眼。

「別嫌我不乾脆，認出她是誰，對妳完成這一件任務而言，是必要因素！」

我怎麼可能認得一個古代的女子？就算有前世今生這回事，經過了輪迴，我早忘記以前的事了，難道要我上《命運好好玩》，去催眠找答案嗎？

我怪怨地看青鳥一眼。

「看看她的髮釵吧！妳不認得她的長相，但是一定認識她，最起碼妳認得她的髮釵。如果妳認不出來，妳文學學士的學位就該被取消！」青鳥一副仁盡義至的口氣。

從善如流地，看向美女那有如黑雲的髮鬟上頭，斜斜地簪著一支紫玉釵。

我心中突然湧現一個答案。「霍小玉！」

「就說妳認得出來吧！確實是她。」

「她怎麼了？」

「她怎麼了妳難道不知道嗎？這人世間的風花雪月，妳倒反問我？」青鳥又端起架子了。

「你明知道我的意思，爲什麼總找我麻煩？」

「我是在訓練妳、提醒妳，要知道不是所有人都像妳一樣心思敏銳，不是所有人都該懂得妳的心事。有什麼事，要明說，也別以爲說了別人就該懂！很多人明說了還不懂，何況妳總是點到即止！」

「好！我錯了，請問上聖！霍小玉爲什麼一直坐在那兒流眼淚？爲什麼我們在這邊吵了半天，她都沒反應？她看不見、聽不見嗎？」

「賓果！她的生命定格在流淚的那一刻，所以雖然和我們同處在一個維次的時空中，但是她看不見我們的身影，也聽不見我們的聲音。」

「她就這樣流了一千多年的眼淚？」我的心從深處泛起了酸疼！

「明白了吧！妳是個獨立自主的女子，她是個美麗柔弱的女子。妳會爲她的淚心疼，但這中間和性一點關係也沒有，和妳是強者她是弱者也無關，純粹只是妳心中柔軟的那份感情發揮了，妳疼惜一個可憐人。」

「上聖！不需解釋這個問題，我很清楚我的心態，我剛剛說不是同性戀，只是在開玩笑，不是認知混淆。」有耐性、有耐性，我一直是個有耐性的人。

「好啦！別自我催眠了，我這是解釋給妳的讀者聽的啦。別說我沒關照妳啊，妳所處的社會是空前錯亂的社會，我怕那些頭腦不清楚的人，看了妳的作品，誤以爲這是同人小說，然後說霍小玉是同性戀，這很麻煩的！妳把霍小玉寫成同性戀，會被傳統文學愛好者唾棄的！我可是先替妳消毒啊！」

如果額上能生出三條黑線，我不介意日後再去做雷射美白！眞的！不然現在頭頂來隻烏鴉飛過也好！「上聖！我沒有要寫霍小玉的小說，霍小玉傳是唐代傳奇，也有人翻譯成白話版了，如果需要，我可以告訴您作者和出版社！」

「喲！虧妳還自負冰雪聰明、善解人意！難道還沒聽出重點？」青鳥哼哼唧唧的樣子，非常欠扁。

「上聖！您要不要化身爲人，出來選總統？以您玩弄語言的手法，一定會高票當選的！」拜託！牠一個話題繞過一個話題，根本沒有重點好嗎？

「妳也認爲可行？我向王母請示過了，娘娘正在考慮中，娘娘基於愛護我的心理，怕我被人間的政壇污染，所以有些遲疑！我個人是認爲……」

「上聖！重點！我的任務和霍小玉以及讀者到底有什麼關連？」

「哦！這個啊！妳知道霍小玉，爲什麼生命定格在傷心流淚嗎？」

「上聖！」我不是已經接受了任務了嗎？爲什麼生命還是定格在被一隻多嘴鳥疲勞轟炸的位置上呢？

「耐性！耐性！這丫頭怎麼那麼沒耐心啊？妳若不知道來龍去脈，怎麼做事？」

鳥居然會有鄙夷的表情！我是到了迪士尼世界了嗎？

「不要再一問一答了！一口氣說完！」誰有閒情，在那邊和牠漫無邊際地東扯西扯！

「不行！要知道現在的讀者，不像妳看慣了純文學，長篇敘述對妳而言，不會有任何的問題，對廣大的閱讀群眾而言，他們吃不消，所以得用對話推展情節，一段話、一段話地帶出來，他們才消化得了。」青鳥拒絕道。

天啊！誰來救救我！醒來！言葭葭醒來！從惡夢中醒來。

手臂又傳來刺痛感。「不長進的孩子！每次遇到挫折的事，就用『我在做夢』來逃避，不肯面對現實。」

天地無情大概就是這樣吧！我眞想大哭一場呢！「上聖！小的愚昧！不知道霍小玉爲什麼生命定格在傷心淚流的瞬間，請開示。」

「因爲在唐人小說中，無法接受愛人變心的霍小玉，生命終結於悲傷那一刻，

一千多年來，她的心就留在那傷心點，她的淚匯成了海，把她困住了，所以出不來（註2）。」

「哦！天帝的意思，是要我把悲劇改成喜劇是嗎？」這太沒創意了吧！天帝是不滿意湯顯祖改編的《紫釵記》嗎？要再做這種事，再找個明清的戲曲家，重編個大團圓的劇本不就好了？

「喂！小孩子家，別腹誹天帝！以爲沒說出來，就沒事嗎？天帝哪是沒創意的人，天帝要真沒創意，世界會這麼色彩繽紛嗎？天帝只是要妳把霍小玉勸來這藏石谷找情石，好填她的淚海，並且把過程用小說體紀錄下來，如果她成功了，妳就把這紀錄，公諸於世，讓世人了解就可以了。」

「哦！了了！可是她看不到我的人、聽不到我的聲音，怎麼勸？」要謹記教訓，不要和牠辯了，不然話題永遠扯不完。

「妳得先走入她的世界。」

「怎麼走入？」

「先把她的事蹟寫一遍，這樣才能體會她的感受，自然地可以走進她的世界，和她對談，勸她出來找找情石。也許她找得到，情石可以把她的淚海填平，她的愛情就不會只留憾恨。她的生命，就不會定格在那兒傷心流淚了。」

「眞的有情石？」我一直以爲那只是傳說的附會。

青鳥拍拍翅膀。「妳眞的很頑固耶！我這西王母的使者，都出現在妳面前了，難道還不相信鯀盜天帝的息壤嗎？」

「情石眞能解決她的問題？」如果是這樣，青鳥學精衛一樣，啣一顆直接丟到霍小玉的淚海裡不就得了？

「息壤因爲可以不斷增生，所以可以治河，由息壤變成的情石，自然也可以不斷增生，要把她的恨海塡平又有何難？

還有，不是天下所有人都像妳一樣懶，什麼事都不拐著彎做，我是可以啣石頭丟下去，但塡了她的淚海，沒止住她的淚有個屁用？

2 永恆不變的愛情，是千古以來為人們所歌頌與追求的，但這卻是一種迷思。愛情不可能不變，也不能不變。為什麼這樣說呢？請先想想愛情由何而來？由人心互動而來不是嗎？人的心是活活潑潑的，會隨著時空的改變而有不同的感受，所以由人心互動而生的情感，當然也會隨著人的感受改變而改變。不變的話，反而無法讓互動延續。比如說，兩個人剛認識時的感情，和相識多年的感情，一定有所不同，這就是感情的變。又比如說一年前你覺得情人穿紅色的衣服最好看，一年後你發現對方穿黃衣服更出色，這也是感情的變。如果不能隨著情境不同，而接受其中的變化，因應其中變化，卻認為不變才是真的感情，這樣反而無法延續感情的生命。

正本清源懂不懂？天助自助者懂不懂？天帝要是把人類寵壞了，不自我成長，一不如意就尋死尋活，把局面弄到不可收拾，哭著要諸天神佛幫忙，那誰還努力修行成仙成佛啊？當人就好了嘛！」青鳥火氣來了，連髒話都用上了。

「上聖！氣質、氣質！您怎麼可以用屁這個字眼呢？這樣如何作世人的榜樣？」看來天理還是有的，報應不爽，輪我把被約束的話丟回去給牠了。

「死小孩！別耍嘴皮了，給我好好的寫。」青鳥簡直快噴火了，眞是容易激動啊！

「好！我要開始寫了，可是我出來玩，沒有電腦。」相信這難不倒牠。

「妳當然是要用毛筆寫在宣紙上，才能體會小玉的情境！」青鳥突然有了狐狸的奸險神情。

「上聖，要我用毛筆、宣紙也可以，但有件事，得向您報告，您知道我爲什麼小時候沒立志當國小老師，而當國中老師嗎？」換我開始講話兜圈子了。

「來這套，別忘了我可以讀妳的腦袋，妳是因爲寫字太醜！」

「所以我用毛筆、宣紙寫霍小玉，要寫很久，也就是說很久才能完成任務。我是不急啦，但是這曠日廢時的，若是西王母娘娘質疑您的辦事效力，可別怪我啊！」想整我？我就乖乖被整嗎？

「一點都不可愛的小孩，我也是爲妳好，當個國文老師，板書那麼醜像話嗎？等妳寫了幾萬字的小楷，要寫醜字也不可能了！我用心良苦啊！妳懂不懂！」

「說！你是不是花木蘭裡面那隻木須龍，幻化成青鳥來騙我的？」我掐著牠的脖子質問著，那愛邀功的嘴臉如出一轍。

「雖然妳嫌我多話，但也不要這樣侮辱我！看看我的羽毛，多漂亮啊！怎麼可以拿那隻被西洋人誤認的蜥蜴跟我比？」青鳥掙脫我的手，雙翅左右延展著。

「電腦給我，輸入法最好是意念感應法，不用打字，光用腦袋想的，電腦就能接收，自動排版成小說。」這樣很快就可以擺脫，這惱人的長舌鳥。

「妳也別那麼懶，妳們那個時空維次的電腦和這種電腦接軌不了，認命地用妳的筆記型電腦，一個字一個字的打，讓它創造自己的附加價值，才能免於被妳冷落在地板上的宿命！」

青鳥雙翅舞動，我的筆記型電腦就出現了。「可是這裡沒電！」

「我從西王母那兒拿來了電石，放進妳的電池匣裡，電力足以讓妳完成任務。」青鳥可得意了。

「三餐呢？除了吃飯睡覺，我寫作不能被打斷！還有氣溫要得宜，外面不能太吵，我不喜歡吃油膩的東西，不能準備我沒吃過的食物，不然我得耗神去擔心，胃腸適不適應的問題，會影響進度。」說好聽是合作，看來牠只負責告知我這件事。這樣就領了合作之名，簡直掠奪我的工作成果嘛！當然要找事給牠分擔，我才能心理平衡。

「給妳西王母的蟠桃可好？姑奶奶！」青鳥沒好氣地問。

「不要，我不想活太久，認識的人都死光了，留我一個人看人類不長進的大爛戲，我不要！」開玩笑！又不是吳剛轉世的，誰受得了眼睜睜的看著世人，不斷重演那些周而復始，卻又變不了新花樣的蠢事！

「放心！我會定時定量的從妳家餐桌，帶來妳的食物。」

「好，那我要開始寫了，請自便！不要吵我，不然後果自負。」

「哼哼哼！果然全世界最霸道的是人類。」青鳥拍拍翅膀走了。

坐在那邊的霍小玉，還在流淚，我怎麼也等不到夢醒時分，只好留在夢裡，用白話文寫霍小玉淒艷的愛情故事。

第三章

霍小玉

向晚的長安城，有著雍容華貴的風采，金色的夕陽，灑在布政里那些富麗堂皇的華屋美廈上，耀眼輝煌。在人稱貴人街的成片華屋之中，又以霍王的府邸，最引人注目。因爲霍王位高權重，長安城裡的達官貴人，絡繹不絕地拜訪霍王府，眞所謂冠蓋雲集、高朋滿座哩！

今日霍王府裡熱鬧非凡，悅耳動聽的絲竹之聲不絕於耳，老玉工懷石，懷裡揣著暗沈的包袱，有禮地隨著管家，穿過庭院，進入霍王的接待廳。

「老師傅！聽說已經找到了我要的玉石了是吧！」年邁的霍王，看起來精神還不錯。

「託王爺洪福，小的才能不負使命。」懷石把手中的包袱交給管家道。

霍王管家手把中轉交的包袱，打開布巾，掀開裡面的木匣，裡頭躺著一塊表面粗礪，顏色暗沈的璞石。

霍王仔細端詳，拿在手中掂掂重量，笑逐顏開道：「老師傅，不愧是長安第一玉師啊！這可是難得一見的極品吶！也只有這上等的玉，配得上我那孩兒，就給她打支玉釵吧！我下個月將提早替她舉行笄禮。」

霍王開心地吩咐總管，替老師傅安排清淨的院落，好讓老師傅安心地在府裡治玉。霍王雅好各類玩器，霍王府內設了工坊，裡面各種工藝器具都有，當然也有成套完善的治玉工具，霍王自己更是鑑賞玉石的行家，許多玉工得到了璞石，還專程請霍王評價呢。

年高德邵的霍王講究生活細節，非常具有審美眼光，雅好一切美好事物，而有生以來，他最珍愛的，當屬他的最小女兒，霍琳。當年霍王以七十高齡，喜獲千金，轟動了整個長安城，至今提起霍王，人們還津津樂道這樁豪門傳奇呢。

懷石一早就進入工坊，和裡面的其他工匠打完招呼，即在治玉區幹活。

工坊裡的工匠，多半是王府內長期僱用的師傅，偶爾有重要的製作，才會禮聘像懷石這樣有特殊技能的師傅進來處理。

「師傅！您這塊玉可是個寶呢！」年輕的工匠看見懷石把玉切開後驚嘆道。

那外表醜陋的璞石，原來是塊紫玉，通體勻澄，沒有任何一點瑕疵，連懷石自己都讚嘆不已。

「老朽這一輩子，還是第一次看到這樣的極品哩！」那晶瑩的紫，炫出一種無形的魅力，相當奇特的一塊玉石。

「師傅，這塊玉要做什麼物件？」工坊裡的工匠全圍過來，看這難得一見的奇玉，其中工坊主管好奇地問。

「王爺吩咐做成玉釵，要給小姐及笄用的。」懷石據實以告。

「那一定是要給琳琅閣小姐的！」年輕的陶工匠道。

「是啊！王府的小千金，可說是人間極品，一出生，即是個粉雕玉琢的女娃兒，愛好美好事物的霍王，當然是捧在手心裡呵疼了，從不肯讓外人見她呢！」工坊主管透露道。

霍王疼寵女兒的程度，遠近皆知，從他爲小女兒闢建獨立的庭園，不讓她走出庭園爲人所見的舉動，就可以看出寶愛女兒的程度。

「別說外人，就連霍王自己的親生兒女，都沒見過，這傳說美若天仙的小妹妹。」年輕的陶匠補充道。

對霍王的其他兒女而言，他們也不想見，這足以當他們小女兒的小妹。因爲霍琳的母親不過是個卑賤的婢女，憑藉著自身的美色，媚惑年高的霍王，得寵後驕縱蠻橫、奢侈無度的作風，讓霍王府上上下下相當反感。加上霍王獨寵女兒，不讓其他人與之相處，自然難生手足之情，所以沒人在乎在琳琅閣裡的妹妹，長得是圓是扁，反正有個惹人厭的娘，女兒也好不到哪兒去。

「不過奇怪，王爺爲什麼要提早給小姐行笄禮？」陶匠好奇道。

「上個月王爺的風寒來得猛，折騰得差點送了半條命，所以心生警惕吧！大概是想趁著還健朗，提前替小姐安排終身，若指望琳琅閣姨娘，準把小姐終身給斷送了。」另一錫匠推測道。

懷石在外面早風聞霍王府，琳琅閣姨娘的種種事蹟，現在聽府裡的人這麼說，看來那些傳言不是空穴來風。

人間世難說啊，以霍王這樣精明能幹的人，也有不清明的地方，難爲霍王還得爲小女兒憂心啊！懷石自個兒也有愚昧的妻子，和乖巧得人疼愛的女兒，很能體會霍王的心情，看看手中的玉石，希望這玉釵能成全霍王這可憐的老父親，爲小女兒設想的心情。

「落霞與孤鶩齊飛，秋水長天共一色。」霍琳掩上詩卷，抬頭看一看閣樓外，雲霞在天邊佈成一線，幾行雁鳥畫過長空，活生生的一幅詩畫在眼前。

「詩人的筆眞是靈透啊，那麼好的景緻，編織成文字，不減一分美感。」是怎樣的才情，能把那麼美的事物如此恰當地呈現呢？又是什麼樣的心眼，看得到這樣的美呢？霍琳想像著文人的才情、文人的心靈。

「小玉！看什麼看得那麼專心？」霍王關心地詢問愛女。

「爹！文人行止，是不是像他們寫出來的詩那樣典雅呢？」

「傻孩子，沒聽過文如其人嗎？當然有些文人的行止如他的詩文，像天寶間的李太白，他詩豪放曠達，爲人也任俠放蕩囉！」霍王開心地爲女兒解惑。

「眞的啊！那麼現今文人呢？也有文如其名的風雅之士嗎？」霍琳眼中閃著無限的好奇。

「當然有！江山代有才人出啊！小玉，過幾天爹要替妳舉行笄禮，然後就開始替妳找門好親事了，爹會替妳挑個文如其人的風雅才子當夫婿的。」霍王閱人無數，自然曉得人如其文有之，文人無行亦有之，然而他的女兒不需要知道這些事實（註3）。

憑他霍王的權勢，以及在朝廷歷練數十年的眼光，定能替愛女選個既有才，又品性良好的佳婿，他已經著手安排一切了，並深信自己不會看走眼的。

霍王端詳地看著女兒，臉上有著難以言喻的驕傲神色。對這晚年意外得到的寶貝女兒，他是以珍藏藝術品的心態養育的，她不需要懂得現實，她只要內外皆美地待在他爲她建構的美麗樓閣裡，過著令人稱羨的賞心悅目生活即可。

世間有權有勢的人所在多有，像他一樣能把女兒養成人間至美的寶貝，就絕無僅有了。傾城的容顏或許不難搜尋，琴棋書畫各項才藝全都精湛的才女，也不是多麼困難的事，他女兒的難得，在於有才有貌，還有著最純美的心靈。

這是他處心積慮把所有外面的污染，全都隔離在琳琅閣外的目的，他從見到美麗的女兒的第一眼，就決定不讓她失去那原初的天真無瑕。他要養出一個不見人間惡、不見人間醜的明珠，他要讓這寶貝，美麗單純地過一生。

琳瑯閣的一切，沒有一處不美。就連小廝、丫鬟都選初進府、單純可愛的童男、童女直接侍奉霍琳，所以，霍琳有顆孩童般單純稚嫩又好奇的心。

3

有些人寫文章是個人才華的表現，文字駕馭能力好，思路敏捷的人，通常可以寫出很好的文章，而他的文章未必等同於他這個人。有些人寫文章，則是內在生命的真實呈現，把他心中所思所想如實地紀錄下來，這就是我們所說的文如其人。所以如果是這類型的作者，通常他文章要寫得好，得有非常豐富的生命才行，因此讀者可以從他的文章認識他的人。但如果是第一類型的作者，就不能一廂情願的從他的文章去判斷他本人。因此要了解一個作者，不能只以他的作品下定論。

不止寫文章如此，很多在社會舞台上表演的公眾人物，都是如此，例如一些演藝人員、政治明星、藝術家、各行各業知名人士。在人前，他們的一切言行，可能只是他「才華」的展現，也可能是他真實的生命。一個形象正派的人，可能真的正派，更可能他只是表演正派，我們當然可以從欣賞的角度，把他視為偶像，但不可一廂情願的認定他就是如同表現出來的那樣好，或認定他非要如同所表現出來的形象不可。例如：婚姻專欄作者不可以婚姻失敗；寫菩提系列的作家還搞外遇，他的書不必看；佈道牧師很正派，不會斂財；情歌王子不會是負心漢等等。這樣容易讓我們陷入錯誤的判斷，有些人行為不可取，但他的文章裡的內容是可以參考的，有些人說的話值得聽，做的事很可議，有些人身分值得尊敬，行為不值得信賴。對於人和事，有時候必須分開來看。這樣我們就可以避免因偶像幻滅而受傷了，也可以免除因相信偶像而被害。

霍王拿出手中的寶匣，「小玉！這玉釵妳收好，下個月十五，爹替妳行笄禮時，就用這玉釵吧！到時候，爹還會給妳一個驚喜哦！」

霍琳收下寶匣，難掩好奇地問：「我可以現在打開來看嗎？」

那興致盎然的美麗眼眸，多麼惹人愛憐，霍王愛寵地笑道：「想看就看吧！」

霍琳開心地打開寶匣，歡欣讚嘆道：「好美！爹這玉人間罕見吶！這工！」她仔細地看著每個線條。「懷石老師傅的鳳眼，益見神韻了。」

「不愧是我女兒！」霍王得意道。能一眼看出作工，女兒的品鑑功力，讓做父親的充滿成就感。

然而霍王始終沒能意想，世事並非全能意料，縱使他有滔天的財富與權勢，終究無法事事掌控。他沒能親自替愛女行笄禮，自然也來不及安排女兒的終身大事，突如其來的逆嗝，讓他被口水嗆死了，任何事情都來不及交代。

霍琳不明白，爲什麼兄長只讓她在靈堂裡叩首後，就派人把她送到這個宅院了；她更想不通，爲什麼不過短短半年，娘就把兄長所撥支的財物，全部用光了，還說，當初從琳琅閣帶出來的許多珍玩古董，全都變賣殆盡。

現在娘都會要她給客人彈琴，陪客人品酒，有些客人，好俗啊，她一點都不想

和這樣的客人同桌共飲，他們還會輕薄人呢！為什麼要招待客人呢？娘為什麼就不能謝絕這些客人來訪呢？

娘說這樣她們母女倆還有櫻桃、浣紗、福哥才有飯吃。可是櫻桃和浣紗說她們可以拿繡品去賣，可以去幫人洗衣，福哥也說爹有給他錢在老家買了兩分地，大家可以一起去種地，好歹能三餐溫飽，不需要當小姐的陪客人喝酒啊！

「小玉！娘都跟妳說那麼久了，怎麼妳還不打扮打扮？今天這王公子可待慢不得啊！他爹是御史大人哩！」淨持一進房間，就忙著打點女兒。

「娘！我不想去，客人要是不高興，還會貶損我！我討厭看到那樣的嘴臉，到人家家裡做客，一點禮數也沒有！」小玉不高興地嘟起嘴來。

「傻丫頭，貶損就貶損吧！又不會少塊肉，娘在生妳之前，成天被人呼來喝去的，又怎麼說？要貶損就去貶損吧，妳只要等個遇貴的好時機，像娘一樣，得了王爺的寵，不就可以穿金戴玉了嗎？」淨持不以為然地說。

「我不要！我為什麼要忍受那些紈褲子弟？」小玉抗議道。

「妳要知道，此一時彼一時，妳爹過世了，沒一個兄長願意留妳，妳就只有娘可以靠了。娘說什麼就是什麼，娘不會害妳的！妳如果不肯陪客人，我只好把櫻桃、浣紗賣給陳家大爺！可是聽說，陳家大爺成天虐待丫鬟。」淨持狡獪地故意嚇女兒，要騙這個被王爺寵得天真過度的女兒，再容易不過了。

小玉聽見母親這麼說，淚水盈滿了眼眶。「娘，我不要穿金戴玉，我們和福哥一起回老家好不好？」

「小玉！妳別傻了，妳想福哥只是個奴才，他都要我們養活了，他那兩分地怎麼養活我們呢？妳從小被尊養得像個玉娃娃，除了琴棋書畫，妳還會什麼？乖！聽話，娘一定會在客人中替妳物色個好夫婿的。」淨持哄女兒道。

開玩笑，要回去過那種粗茶淡飯的苦日子，她才不幹呢！女兒天真，什麼人情世故都不懂，她可不同，她過怕了苦日子了。所以當她發現家裡的用度不夠了，就聽從姊妹淘們的建議，讓貌美多才的女兒掛牌接客。

就不信王府內小玉的兄長，能坐視自己的妹妹倚門賣笑。哪知道小玉的長兄，可狠了，說什麼小玉不是王爺親生，下令她們母女不能打著霍王名聲，硬是逼她改回本姓鄭，和王府脫離關係，害她只好眞的讓女兒接客。

雖說讓女兒當娼女，不是什麼光彩的事，可至少保住優沃的生活。何況，她也只讓女兒賣藝，又沒讓女兒賣身，等眞遇上好人家的子弟，再讓女兒出嫁，不就好了？

雖說有了娼籍，不能嫁人當正妻，但是要那虛名做什麼呢？以自己親身的經驗，只要得寵，就算只是個賤婢，也能呼風喚雨。憑女兒的姿色，她一定得寵。賤婢出身的淨持，怕的只是過去的苦日子，著眼的不過眼前安逸，在她的腦袋裡，道德羞恥不能當飯吃，很自然地以她的人生經驗安排女兒的未來。

就這樣，霍小玉從一個被父親嬌養的王府千金，淪爲被母親出賣的娼門妓女，完全不知道自己的生命被操弄著。

這日，小玉帶著櫻桃和浣紗到崇敬寺禮佛，從正殿出來後，順著迴廊漫步到中庭，庭中有幾個年輕士子在下棋，她好奇地想過去看看。就在走近時，聽見了一個熟悉的聲音。

「若論棋藝，長安妓女當屬鄭嬤嬤家的小玉最高明！」一個身著青儒衫的士子讚嘆到。

「沒錯！琴藝的話就屬翠雲樓的彩香姑娘了。」另一個附和道。

「你們猜這鄭嬤嬤，什麼時候讓小玉梳弄呢？」

「別想了吧！咱們不過是窮書生，偶爾沾沾那些世家子弟的光，才能進鄭家當當陪客，哪能一親美人香澤！」

「啊，可惜呢！小玉貌美、才佳，難得的是沒有風塵味兒，俏生生的帶點不解

人間事的嬌憨，教人望了，多想捧在手心裡呵疼啊！偏生命舛，落得倚門賣笑迗往迎來的，那些豪貴子弟，不過是貪鮮，哪個會對她眞誠相待呢？」

浣紗聽得話頭不對，連忙把小姐往別處帶，可霍小玉卻像木樁似的，釘在那兒了。這幾個人的聲音她認得出來，是經常隨著王御史公子來的朋友。

可他們爲什麼說，自個兒是迗往迎來的妓女呢？她只是聽從母親的吩咐，招待客人啊！娘說這樣才能在客人中，替她挑出好夫婿啊！爲什麼被說成妓女呢？

盈盈熱淚毫不停留地滾落她的粉腮。浣紗和櫻桃連忙將她扶到另一處廂房，小玉哭得無法自已。

「浣紗，他們的意思是，我跟一枝花話裡面的李娃一樣嗎？」前些日子，她們在廟口聽了說書先生的一個段子，說是最時興的故事，她這才知道原來有人以賣身爲行業的。

「可我沒賣身啊！難道說……難道……」看著兩個丫鬟同情又心虛的神情。

小玉的淚落得更兇。

「爲什麼？爲什麼會這樣？娘怎會這樣對我？」她驚慌地抓著兩個丫鬟的手臂，不能置信地問著。

「小姐！您得保重啊！」浣紗心急地勸慰。

「怎麼辦？怎麼辦呢？櫻桃、浣紗，我該怎麼辦呢？幫幫我，妳們幫我想想辦法？當妓女會像李娃一樣，害鄭生被逐出家門啊！」

「小姐！」兩個丫鬟圍著她痛哭。

她們不解人心險惡的小姐，至今仍不明白一件事，在風塵裡，沒人眞正疼惜妓女的啊！一枝花話裡的癡情鄭生，在現實中，是不可能存在的。那是文人多情的想像，基於寬厚文人的同情與自憐心理，才下筆寫出這樣的作品，那只在文人的理想世界才有的事啊！

「妳們早知道了，怎麼不告訴我？我那麼相信妳們啊！」她慌亂的心，百感交集，被最親近的人背叛，感覺好難受。

「小姐！您先別哭了，怪只怪我們見識不夠，不知道夫人帶來的客人不是單純的客人。後來知道了，也曾勸過夫人，但夫人說若我們多嘴，就把我們賣掉，我們擔心若是沒有我們侍候，您可怎麼辦才好！所以……」櫻桃泣不成聲。

「雖說夫人是小姐的親生母親，但是親爹娘就替孩兒著想嗎？若是，我和櫻桃倆也不會打小就被父母賣進王府爲婢啊！擔心您日後沒人體己，所以我們不能被賣掉啊，小姐！原諒我們好嗎？」浣紗小小就被賣進府裡，對她而言，這些年來朝夕相處，小姐始終和善相待，比起賣了她的父母，小姐才是眞正的親人。離開小姐她不願意，不得小姐諒解，她也不好過。

「爲什麼？娘爲何要這樣？爲什麼這樣對我！她還是人家的娘嗎？我不要，我不要娘這樣對我，我不要這個樣子！」小玉激動地哭鬧著。

「小姐！只怪我們福薄，生爲女子，凡事不得自主啊！」櫻桃打起精神勸道。說著三個女娃又抱在一塊兒哭了。

「我怎麼辦？我不要賣身爲業！」

「小姐！不會的，這些日子以來，那些公子打賞我們的小錢，我們都攢起來了，過些日子，等夫人上佛寺參加法會，我們就可以和福哥一起離開。福哥說有這些錢，我們可以做個小生意，謀個三餐溫飽沒問題的。」

「眞的！」小玉感到振奮地擦乾淚水。

「嗯！小姐，放心吧！我和櫻桃還有福哥，會做很多活，不讓小姐餓著，福哥說小姐懂得讀書寫字，到鄉間可以幫人寫字條書狀什麼的，都是可以掙錢的本事。」浣紗期待地描繪著未來。

「太好了！謝謝你們。」小玉梨花帶淚的臉亮了起來，突然又黯了下來。「可是娘不願意啊！」她沮喪地說。

「小姐，顧得了您，就顧不了夫人了，您得做個決斷啊！」浣紗就擔心善良的小姐，無法丟下親娘。

「這樣好了，我和娘商量商量！」

「小姐，千萬不可以，夫人若是知道，我和浣紗想帶您走，又怎容我們再留下來呢！」櫻桃著急地勸道。

「可我們都離開了，娘怎麼辦呢？」小玉心軟，再怎麼不是，仍是自己的親娘，怎忍她孤苦無依呢？

「不然這樣好了，反正現在小姐只賣藝，就再過一陣子，幫夫人多攢些錢，讓她有個養老費用可好？」浣紗提議道。

「好！就這樣，謝謝妳們。」小玉鬆了一口氣。

「好吧！就這樣，我們也可以順便多存點錢。」櫻桃心中隱隱有些不安，只好這樣安撫自己，希望菩薩保祐苦命的小姐吧！

也許菩薩太忙了，沒聽到櫻桃的祈請；或許小姐一生的福分，全讓王爺揮霍在奢華的疼寵中，夫人終究是把小姐的初夜，高價賣出了。這是櫻桃得知小姐失身於王公子後的想法。

令忠心的下人們擔心不捨的是小姐自從失身後，就不再真正敞開心房了，她把所有人關在門外，哭了一夜，之後，只要是夫人安排的客人，一律不拒，也不再和

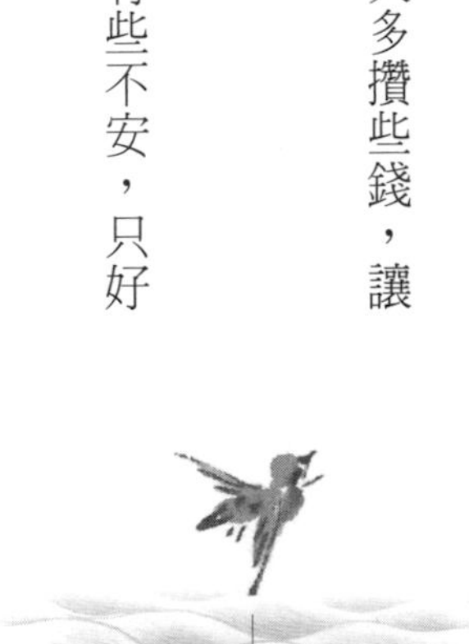

她們說體己話了。

這樣日復一日、春去秋來地過著，忠僕雖急，卻也無能爲力。

這日替小姐梳好頭，櫻桃關心地提醒。「小姐！您別累壞自己了，今兒，酒別喝那麼多啊！」

小玉沒有應答。

「小姐！您別爲難自己了，這些日子，除了應付客人，都不說話，這悶壞了可怎麼好！」浣紗也心疼地勸著。

小玉感慨地擲起她們的手。「浣紗、櫻桃。這一年讓妳們擔心了。我沒事。」

「小姐！」兩個丫鬟哭成一團，硬是把所有人的關心排除在外，小姐心裡到底想些什麼呢？

「浣紗，多寶閣裡的珍玩，妳拿給福哥，讓他回老家做生意吧！」

「小姐您要……」浣紗臉上露出欣喜之色，以爲小姐打算離開了。

不等浣紗說完，小玉道：「福哥是個男人，再不成家，會斷了香火，咱們別誤了他。」

「可是……」福哥對小姐忠心耿耿，沒了福哥，以後有什麼要緊事，能託誰呢？

「照我的話去做。」小玉堅決道。

「是！」浣紗聽命辦事去了。

「櫻桃，轉告夫人挪個時間去找媒婆鮑十一娘，說我要找個風雅的郎君。不必有錢，可一定要有才華。」小玉又交代了另一差事。

第四章

李益

鮑十一娘是長安有名的媒婆，原本是薛駙馬家的家妓，後來贖身嫁了人。這人精明能幹，又伶牙俐齒，善於察言觀色，憑著過去在駙馬家的關係，經常出入豪門巨室的府邸，專門替人牽緣作媒。

正好幾個月前，有位來自隴西的書生李益，二十歲就考中了進士，因爲第二年要到吏部複試，以利取得官職，所以來到長安，住在新昌里，準備考試。

這個李益出身名門，雖然家道中落，憑著李氏家族過去的名望和自身的才氣，在文壇上小有名氣。他的文章和詩，辭藻華麗，當時的名士都很肯定這個人，因而有才子之名。

這個人自恃風流有才華（註4），到了長安這繁華都城，長養了虛榮，年少輕狂的他，想找個絕色女子來烘托自己的身價。

於是李益到處尋訪名妓，希望找到合意的對象，卻始終找不到，他也聽說鮑十一娘長袖善舞，交遊廣闊，風花雨月的事找她準沒錯，給了她可觀的交際費，希望達成心願。

鮑十一娘接到了淨持的通知，很快地想到了李益，於是前去通知他。

當時李益正好在住處南園的亭子閒坐，聽到門口有人敲門敲得非常急。

「誰呀！」門房問道。

「是我！鮑十一娘啊！」

李益聞言，立刻提起袍緣，趕到門口親自迎接。

「鮑媽媽今天怎麼有空來呢？」李益有禮地招呼著。

「昨天做了好夢了嗎？」鮑十一娘笑逐顏開地問道。

「見到您就是好夢了，請進。」李益奉承道。

4

「風流」這兩個字，原來的意思，近似於現代詞彙中的流行加上品味，像風吹水流一樣自然卻又宜人，讓人覺得舒服的一種生活態度；在人身上則是舒服迷人的優雅氣質。不過後來被一些畫虎不成反類犬的男人，用得浮濫了，風流這兩個字，就沒那風雅浪漫的韻味，變成感情隨便的代名詞了。

男人常誤認為風流是具有吸引力，所以對於他們生命中的問題，常以一句「哪個男人不風流」帶過。事實上誤解了風流的意思事小，把自己的人生弄得一團亂就麻煩了。跟李益一樣，很多男人認為要有一個漂亮、有名氣的女人在身邊，才能顯得自己了不起，這點我們可以在社會新聞裡面，看見很多事業有成的已婚男子，爭相追獵演藝圈的女明星為密友的事件得到證明。

這是男人從古至今無法掙脫的悲哀，因為成就再高，他都無法相信自己真的很了不起，所以得時時有個青春美麗的名女人帶在身邊，才能證明他很了不起。其實男人的一生花很多時間，來向旁人證明，他多麼了不起，他是真正的男人。而事實上，男人天生就是男人，實在沒必要弄出那麼多名堂，把自己累得那麼慘。

「唉呀！瞧您這嘴兒多甜哪！」十一娘開心地跟在後頭，「我給你找到了一個天上謫降到人間的仙女呢！」

「哦！真的？謝謝您！」李益有禮地道謝。

「她呀！可難得了，她不圖錢，只愛風雅郎君呢！而且琴棋書畫樣樣精通呢！她這才情啊，長安城，若她屬第二，就沒人敢稱第一了。您瞧，這不和您的要求完全符合嗎？依我看啊！這樣的人物正配得上您這樣的大才子哩！」

李益聽得神魂俱往，高興地跳了起來，拉著十一娘的手，又是道謝又是作揖的。「您這樣費心幫我，這一輩子當您的奴才，我也死而無憾。」

鮑十一娘見多識廣，聽這奉承話卻也開心，好會說話的公子啊，就算心裡沒那分誠意，光聽聽也過癮哪！這張嘴真騙死人不償命哩！

李益親自端茶給十一娘，「住哪兒？叫什麼名字？」

「她可大有來頭哩！父親是已故的霍王，生前可寵她了，母親則是霍王寵妾。只可憐紅顏薄命，霍王過世後，她們母女就被趕出王府了，被迫改姓，您想這兩個弱質女流這沒依沒靠的可怎麼好？這才流落風塵的。」十一娘不忘提高小玉的身分。

男人那麼點心眼啊，十一娘是再清楚不過了。雖然擺明了要找妓女，卻又希望那個妓女是特別的，好像這樣就可以證明自己的特別似的。

「哦！還是貴族千金呢！」李益感興趣地接口。

「是啊！可惜呢！若霍王還在，她早已成爲貴夫人了呢！不是我在誇口，這霍小玉的美貌，是我長眼睛以來所見的唯一呢！那體態有如飛仙般輕盈，舉止當然是大家閨秀的高雅嘍！最出色的自然是她的才藝。」十一娘端起茶杯喝口茶，知情識趣地品品餘韻。

「昨天她娘託我找個才貌和姑娘相配的好郎君，我就提起您，她們也知道您的名聲呢！她家就住在勝業坊，古寺邊拐彎進巷子沒多遠，那棟有車門的大宅子就是了。我已經跟她們約好了，明天午時，您到巷子拐彎處，找一個叫桂子的丫鬟就可以了。」十一娘把細節交代完後，即起身告辭。

鮑十一娘走後，李益心情雀躍地爲明天的約會做準備。他叫家僮秋鴻，到堂兄京兆參軍那兒，借來一匹青黑色駿馬，配上黃金打造的馬勒。到了晚上洗澡更衣，刻意修飾容顏，把自己打扮得乾乾淨淨的。像個初戀男子般，因爲太過期待，晚上還睡不著覺呢！

第二天天一亮，他就起床了，很快地梳洗完畢，戴上頭巾，拿著鏡子前後端詳，就怕哪兒有差失，會讓對方不中意。整個早上就在那折騰他的儀容，在房子裡

走來走去，一會兒換衣服，一會兒改佩飾的，好不容易熬到中午，就命令備馬，急匆匆地感到相約的地點。

到了巷口，果然看見一個青衣丫鬟站在那裡，一見他的馬車，就迎上前來。

「請問是李公子嗎？」桂子有禮地問道。

雖是娼門侍女，倒有大家風範哩！李益禮貌地回道：「正是，小姊姊是桂子姊姊嗎？」

桂子輕聲笑道：「您多禮了，請隨我來。」

李益下馬，跟上前去，進了門，家僮把馬牽到屋後，桂子趕緊把門拴上。

這時鮑十一娘從屋裡走來，老遠就取笑道。「我說是哪家公子，這這冒冒失失地私闖民宅呢！原來是李大才子啊！」說著便幫他引路了。

李益搖頭討饒拱手作揖道：「好姊姊，莫要取笑我了！」隨後也跟她進中門。

院子裡有四棵櫻桃樹，西北那棵樹枝上，掛了一隻鸚鵡籠子，鸚鵡可靈性了，一見生人來，就嚷著：「有人進來了，快放下簾子，快放下簾子！」

李益還算單純，此行，已是他人生中瘋狂的決定，心裡有些忐忑，忽然聽見有人這麼喊，愣在那邊不敢前進了。

呵！就這麼點膽量，也敢來尋花問柳？鸚鵡瞥他一眼，不屑地轉頭，整整自己的羽毛。

就在李益站在樹下，進退不得時，先行的鮑十一娘已經陪同淨持走下台階迎接他了，在兩人殷殷敦請下，他進到客廳接受招待。

他偷偷的打量淨持，四十多歲的她徐娘半老，但不難看出是個美人胚子，言談之間還存有幾分媚態。

淨持端著笑臉，按說像李益這種窮人，她是看不上眼的。但是當初設計女兒讓她失了身，之後女兒開出了條件，要繼續接客可以，但是一年後，她要自己挑個中意的人。

這一年來，女兒果然非常配合，所接的客人，全是富貴之人，替她賺進了大把的銀子，所以順她意，好拉攏她的心。因爲她很明顯地感覺到一年以來，女兒雖表面順從她，但感覺很疏離了，不再是天眞無邪的心思了。

淨持謙詞道：「早就風聞公子的風雅的名聲，心中欽慕不已，今天一見，果眞名不虛傳，眞是俊雅傑出啊！」

李益客氣地回答：「哪裡！您客氣了。」

對於自己的外貌，李益倒有自知之明，雖然長得還算可以，可構不上俊雅二字，只是氣度不差罷了。

淨持淡淡一笑，看來這人倒算實在，這樣也好，不會難以駕馭。

她笑著又說：「我有個女兒，雖然沒什麼才學，但容貌還可以，與公子相配，也算合適，鮑十一娘一再地跟我提起公子，想替你們兩拉紅線，今天就讓小女永遠侍奉公子吧！」

李益和敬地說：「我這粗陋的人，沒想到能得到您們的厚愛，如果能蒙受垂青地接受我，那將是我這輩子最高的榮幸了！」

淨持命人擺上酒菜，招待公子。又讓浣紗把小玉請出來與公子相見。

李益只見小玉像月光一樣的臨照大地，讓整個客廳因她的到來，充滿了光華。就像是屋裡忽然擺了一棵白玉雕成的桂樹般，滿室生香，屋內種種的擺設都與她相輝映，是那麼地華貴炫目，她本身就是個藝術品。

可她是個有生命的藝術品，當她那黑白分明的眼眸，輕輕流轉時，好像會說情話似的，讓人心都酥了。

看她緩緩地走到母親身邊坐下，那身影、那步履，讓李益羨慕起地板了，若能化身爲她腳下的地板，承受那款款蓮步，會是多麼幸運的事啊！

淨持不意外李益會神魂顛倒，雖然她對王爺傾財嬌寵女兒很不以爲然，但不可否認的，獵艷無數的王爺，調教出的女兒，極能吸引男人的目光。這也是爲什麼才一年多的時間，女兒可以替她賺來這麼多錢。

長安城有哪個女人，有著女兒這股既尊貴又嬌媚，還帶著幼嫩的天生風情？

「兒啊！妳常常喜歡吟誦那兩句：『開簾風動竹，疑是故人來』的詩句，就是這位李公子作的詩呢！」淨持向女兒介紹道。

霍小玉對母親微微一笑。

「我兒整天吟他的詩，想像他的風采，還不如今天見上一面呢！」淨持覺得女兒的反應不熱絡，怕事情有變。

小玉禮貌性地微笑，而後低頭輕語：「見面不如聞名，才子豈能無貌！」

「爹！把詩寫得那麼美好的人，本身是不是也如詩般美好呀？」

「兒啊！當然囉！」

過往的對話言猶在耳，但那是假相，是爹爹編織的美麗謊言。以她自幼被父親訓練的審美眼光看來，李益的人，不如他的詩。

李益聽出她的失望，忙道：「小娘子愛才，鄙人重色，我們互相輝映，不也算是才貌雙全嗎？」

小玉笑了，人長得雖不怎麼樣，才情還不錯。算了，自己這樣的身分，哪能挑個十全十美的郎君呢！認了吧！

「來！來！來！難得這美好良緣，應該慶祝！」鮑十一娘稱職地活絡氣氛。

一頓飯下來，聊得頗爲愉快，酒過幾巡後。

李益仗著幾分酒意，對小玉要求道：「能否請姑娘唱一曲呢？」

小玉低下頭，感慨地想：終究在他眼裡，我不過提供歌舞娛樂是個妓女！哼！可笑，明明自己是這樣的身分，還奢望別人忘記不成？她自嘲。

淨持見女兒沒應允，在一旁催促著，「兒啊！難得今天大伙兒這麼高興，妳就唱一曲給大伙兒盡興吧！」

連娘也把我當妓女！算了，本來就是娘讓我當妓女的！當就當吧！

「那麼我就唱子夜四時歌吧！」她挑了尋歡客最愛的曲子，充滿柔媚風情的吳地情歌。

她的聲音清婉動人，她的音律精準有味，她的歌曲深入人心。讓人聽了，感覺心都要被融化在吳地的浪漫月夜裡，她假裝自己是個值得情郎憐惜的幸福女子，唱出情人最誠懇的深情。

杯光斛影之間，不知不覺天色已晚，鮑十一娘帶領公子到西院休憩。西院的屋宇幽靜深廣，庭院清麗，房內重重簾幃垂掛，一派華貴富麗。出身貧寒的李益，第一次親見如此華麗而雅緻的佈置，心中感慨不已，若非出身王府，又怎能鋪陳如此氣派呢？

十一娘命桂子和浣紗服侍公子，替他脫靴解帶。一會兒小玉才來到西院，遣下丫鬟，兩人才有單獨相處的機會。

「公子來長安多久了？」她溫婉地打開話題。

「三個多月了。」李益恭謹地回答。

「長安人文薈萃，想必公子已經結識了不少良友。」

「嗯，增長不少見識，與各方才俊砌磋，這才領會到天下之大呢！」富庶繁華的長安，對李益年輕的心，確實產生了很大的衝擊。

小玉盈盈一笑。「公子想找個能夠相配的伴侶，為何不往良家徵詢呢？」

「小姐也知道我的家世，雖有清望，實已落末，當今世俗，講的是門當戶對，高姓大族豈看得上我們這落拓之門？一般良家閨女，受家門嚴教，又有幾個能詠詩文、識情趣？想我滿腹情懷，能予何人說？」若是能夠，誰不想有個能持家，又能相伴的佳侶？可是家境比不上人，如何奢求，就這樣認了又覺得不甘心，才子豈能沒有佳人相伴呢？

「想不到男子，也有不得自主的苦衷呵！」小玉感歎！公子的不得已，不也像自己嗎？

「小姐懂得其中苦楚？」李益感動地執起她的手。

「一介女子，哪裡懂得公子不遇之感呢！只是自我比況，見笑於人罷了！」

「哦！若小姐不棄，願聽其詳。」

「別讓公子見笑了。」小玉推托道。

「小姐，還請不吝相告！」李益想知道這美麗女子的心中，懷著何等心思，能夠體貼到他長年鬱鬱的挫折。

人人誇她貌美才秀，出身貴冑的她，何嘗能和凡人相比？連個正常的姻緣都是奢求。可是像她這樣的人，想個有才的如意郎君，相伴終生，難道是罪過嗎？

小玉輕歎道：「真的沒什麼特殊領會，只是聽公子的感慨，想到了和我一樣身不由己失身於人的女人，難道就失去了得到幸福的權利嗎？可在世人的眼裡，我們本該如此。就像公子身不由已失去了高門之勢一樣，難道就沒有進入望族門第的權利了嗎？公子之才，足以彰顯任何世家呀！」

發覺自己說錯話，小玉連忙陪罪。「唉呀！奴家罪過，低賤娼門，怎能和清高士門相比呢！」

李益感動地將她纖纖素手，包在手心之中。「小姐！別說不能相比，小姐能體貼我的處境，就是我的知音！李某何幸，能得小姐如此解語花呢？從來，我一直覺得上天欠我一個公道，如今與小姐相遇，我想上天把這個公道還我了！」

小玉的心中感覺溫暖，「是嗎？你眞的認爲我是上天還你的公道嗎？雖然是哄人的話，但我還是感謝公子你如此溫厚的話語。」

李益輕托著她的臉道：「小姐，相信我，從來沒有人讓我那麼清楚地體會到如此眞實的感受，得到小姐完全地了解和看重。我的感動是眞實的，小姐對我而言，意義非凡，請相信這一點才好。」

小玉感到安慰地笑了笑。「我也是眞心地感謝你。」

她輕輕地解開羅衣，那藏在衣服底下的肌膚是如此的柔膩，就連她褪下衣衫的姿態，看在李益眼中，也是充滿魅力，著實惹人愛憐。他放下了羅帳，將她所有的美麗，獨占於綺麗的羅帳之內，與她並枕，與她歡愛，那傳說中的巫山女神給楚王的一夜浪漫，或是曹子建遇洛水女神的無限想像，都遠不及他與懷中女子的美好感受吧！身爲一個男子，得此靈肉俱往的銷魂良夜，夫復何求？

漏盡燈殘，小玉睜開眼睛，在黑暗中，看著枕邊人，感傷的淚悄悄地盈滿眼眶。縱使他的心態和所有尋歡客一樣，但至少有那麼一點柔軟眞情，這從他歡愛的舉止裡，可以看出，但，這又如何？

自古文人多情，自己青春少艾，有著令人稱羨的美貌，以及在人前裝點他才情

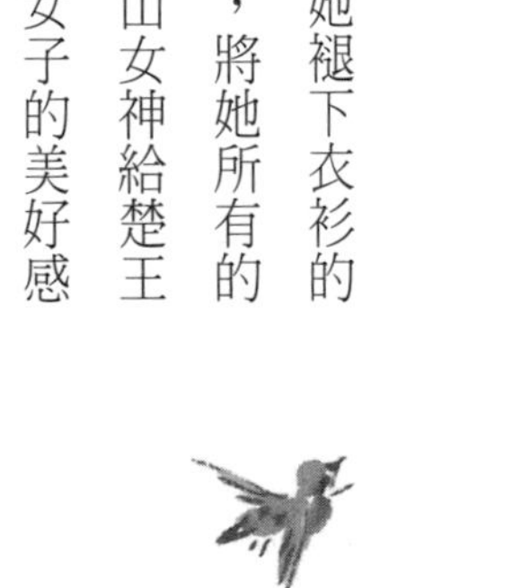

的虛名。此時此刻，他有那麼點眞心，然而，男人哪個不貪新好奇的？一旦新鮮感過了，那一點眞心還在嗎？

而女人呢？只能眼睜睜地看著男人來來去去，不停地哄著好新、好奇的男人，然後，不斷地被厭倦自己的男人遺棄嗎？青春易逝啊！沒了青春容顏，可還有那些好新、好奇的男人上門呢？悲哀啊！生爲女子原是如此悲哀的事啊！

爹！難怪您從來不想讓我懂得人情世故，但您爲什麼不護我一生呢！若不該懂，就該一輩子都不懂；若該懂，就該從來就懂。這樣也就不會有期待，就不會在明白了之後，如此難受，如此不甘！爹您爲何讓我認爲自己是寶之後，又將我遺留在泥地裡呢？

想到傷心處，她難以自抑地啜泣著。

李益被隱隱的啜泣聲喚醒了意識，睜開眼，就見到小玉梨花帶淚的模樣，他的心揪了起來。

伸出手，以衣角輕拭她的淚。「怎麼了？什麼事讓妳傷心難過了？」

「對不起，吵醒公子了！沒什麼，請公子安眠！」小玉內疚地說。

「小玉！難道我們之間還要見外嗎？我們已有夫妻之實了呀！妳娘昨晚把妳許給我了啊！難道這沒有意義嗎？還是妳把我當成尋常的客人呢？」李益認眞的問

著，他認爲自己和一般的尋歡客是不同的。

「當然不是，李郎莫要猜疑。」小玉開口澄清道。

「那麼有什麼心事，告訴我好嗎？讓我爲妳分憂好嗎？」

小玉心裡感動著：「眞的不是什麼事，只是醒來，想到我們之間的美好，有些感慨罷了！」

李益點點她的俏鼻。「傻瓜！好事爲什麼要難過呢！」

「我本是娼家之女，自知配不上你這名門之後。現在因著幾分姿色，才有緣和公子相遇，承你是個仁德的君子，對我有一絲憐惜，許我將感情寄託在你身上。」

「妳還不能相信我嗎？」李益輕憐地撫著她的芙蓉面。

「你的誠意我感受到了，然而，漢武帝的寵妃李夫人，不也說了嗎？以色事人者，色衰愛弛啊！」她的眼眸晶亮地看著他。

李益無言，不知道怎樣才能讓她安心。她聰明、她敏銳，她博古通今。她說的確實沒錯。

她繼續說：「若我美麗的容顏不再，公子的恩愛還會爲我停留嗎？怕是要移情的。那時候我怎麼辦呢？我的感情怎麼辦呢？就會像蘿草依附不了大樹，只能伏在地上任人踐踏；也像是秋天的扇子一樣，使用的季節過去了，就讓人丟了一旁，明年夏季再來，用的是新製的扇子。而去年的扇子呢？躺在角落被遺忘了，好淒涼的處境不是嗎？想到這樣，我才樂極生悲的。」

能怪她嗎？她的心像琉璃般玲瓏剔透，才能有此感觸呀！難道她說的不是事實嗎？李益懂，古來多少辭賦佳作，全是這樣的情思啊！但他李益不是其他人，他懂她的悲哀，他不是重利輕別離的商賈。

他把手臂伸到她枕下，讓她安心地枕著，輕聲細語地說：「我平生的願望，好不容易今日能夠實現，日後，就算粉身碎骨，我也不會忘記，對妳許下的山盟海誓。我說我們是夫妻，這句話是認眞的，請妳一定要相信我，不許再這麼想、也不准再這麼說，別這樣讓自己難過。」

小玉無言，只是靜靜地靠在他懷裡。

「要是妳還不能放心，那麼請拿一條白絹來，我把誓言寫在上面，作爲證明。」李益承諾道。

「謝謝！你願意給我如此明確的保證就夠了。」她擦乾了眼淚。

「妳還是不信？我這就寫給妳！」

「我沒有不信！眞的。」

「不行！我寫給妳，妳才會安心，不再胡思亂想。我不要妳再爲此難過，我一定要寫。」寫下山盟海誓，不也是浪漫的一件事嗎？李益這麼想。

「好吧！櫻桃！過來幫我們一下。」小玉喚著在旁邊小房睡著的丫鬟。

櫻桃一會兒就到跟前了，得到使命後，很快把燭火點上，拿出筆硯。

李益看看小玉所用的筆硯，全都是珍貴的材質，櫻桃從繡囊中拿出最爲名貴的烏絲欄素絹三尺，交給李益。

李益的才思敏捷天下皆知的，他落筆成章，引喻山河，以日月爲鑑，皇天后土爲憑，赤忱稟言，句句動人，字字懇切。寫完親手交給小玉觀看。

霍小玉感動得熱淚盈眶，有自知之明的她，並不奢望眞的得到什麼確實的保證，但李益表現得那麼眞誠、那麼熱切，怎能不教人動容呢！

小玉讓櫻桃把誓言收藏在珠寶盒裡，安心地偕同李益回床休息。從此以後兩人過著如膠似漆，形影不離的日子，像一對比翼雙飛的翠鳥，也如一雙日夜相隨的鴛鴦般。這樣甜蜜的日子過了兩年。

第五章

情變

第三年春天，李益在吏部複試，因他的公文寫得好，而得到了好名次，被任命爲鄭縣主簿。按理，四月他就該前往任所。當然能夠擔任官職對一個士人而言，再重要不過了，上任之前，他必須前往洛陽探望自己的母親。

消息傳出，長安的親友紛紛爲他餞行，他也都帶著小玉一起赴宴。李益長安的朋友們，都清楚兩人之間的關係，形同夫婦，就差個父母之命、媒妁之言的形式而已。

當時明媚的春光猶在，夏季的綺豔已露，常常在酒席散後，濃濃的離愁就會湧上心頭，時間愈是接近，小玉的心情愈是低落。

兩年來的恩愛歲月，從遲疑到全然地投入，理智早已無法說服她渴望幸福的念頭，然而再怎麼渴求，她仍是知道，自己的身分，不可能嫁給朝廷官員爲妻的。可要她就這麼死心，她做不到；要這樣就割捨兩年的情感，放掉這些日子以來的美好感覺，她捨不得。

爲此，她夜不成眠。那夜李益半夜醒來，發現小玉睜著墨黑的睛亮瞳眸，久久不移地看著他。

「怎麼了？睡不著？」他伸手撥開她垂在頰邊的髮絲。

小玉沈默良久，才緩緩地開口：「我有一個小小的心願，想和你講清楚，不

知道你願不願意聽？」

李益溫柔地笑了，小玉總是這麼善解人意，任何事，任何情況，都會顧及他的感受，這樣溫柔體貼的女子，對他有所要求，他又怎會不接受呢！

「說啊！別說一個小小心願，就算是一百個一千個願望，只要我做得到，一定讓妳如願。」李益伸手把她攬進懷裡。

「以你的才智、你的名聲，加上現在的成就，願意和你締結婚姻的人一定很多，更何況你家裡還有個治家嚴謹的母親，而你還少一個爲你打理一切的女主人。這次你回去，一定會締結良緣的。雖然我們之間有著山盟海誓，那不過只是空話而已，作不得數的。」小玉理智地說。

李益震驚地問：「我哪裡做不好嗎？爲什麼突然說出這種話？妳的心願是什麼？好好跟我說，別這麼嚇我，妳說的話，我一定牢牢地記在心裡。」

小玉說：「我今年十八歲，你也才二十二歲，現在離你三十歲，還有八年的時間。可不可以把這八年許我呢？讓我們恩恩愛愛地共度這八年，讓我一生的愛情，在這八年裡面完成。然後你再另選高門，成就婚姻，也不算太晚。

到時候，我會捨棄紅塵，剪去長髮，披上袈裟，皈依佛門，在暮鼓晨鐘之間，爲你祈福、爲你祝福。我生平唯一的願望，只有這樣，沒有一百件，沒有一千件，只有這一件。」說完她低下頭，她知道自己強求了，但她無法不求。

李益感到窩心又感動，憑她的姿色與盛名，多少權貴捧著金山銀山等她青睞，她卻只跟他要八年，八年後還爲他出家守節。再沒有比這件更能滿足他男性驕傲的事了。

他感動地落下眼淚，他對小玉說：「傻丫頭，我早說過，妳是我今生最好的際遇，我信誓旦旦地要和妳白頭偕老，今生不渝，只怕不能滿足這個願望，怎會三心二意呢？相信我好嗎？要有信心，我們會有未來的。妳只要乖乖在家裡等我，八月我一定派人回來長安接妳，我們只是暫時離別，相聚的日子不遠的，安心睡，別想東想西的好嗎？」

小玉開心地點點頭。李益給了確切的承諾後，選了個良辰吉日，就與小玉告別，東行到鄭縣去了。

上任之後，李益請了假，回洛陽看母親，人還沒到家，他母親已經爲他訂了一門親事。女方是他的表妹，出身於五大姓之一的盧氏，這當然是門讓人羨慕的好親事。李益一到洛陽，得知婚事已經說定，母親向來嚴格，他不敢對母親稟明小玉的事情，左思右想的，想不出好方法來辭掉這門親事。

於是只好依從母親的命令，備禮行聘，和女方商定婚期。

「娘！盧家要求我們的聘金，需百萬以上，這不是我們能夠負擔的，這婚事是不是就……」李益吞吞吐吐地說。

李太夫人放下手中的針帶，嚴肅地看著兒子。「我兒怎會如此愚昧呢！想那盧家是五大姓之一，當然要有排場，我們雖然家道中落，可也還有些殷富的親戚，借借就有啦！」

「可這百萬聘金，不是我們這種人家還得起的！」李益提醒道。

「說你愚昧，你還真的愚昧，你以爲盧家不知道我們的情況嗎？若不是因爲看重你的才名，看好你的前程，他們會答應婚事嗎？所以我們只要備妥這百萬聘金，盧家的嫁粧不會少，足以讓我們還這些錢。婚姻大事，歷來是父母作主，我怎麼說，你怎麼做就好，娘爲你打理的事，不會有錯，和盧家結親對你的前途有多大的好處啊！這是別人千求萬求都求不到的好事，你就別磨磨磳磳的，明天就出發去把錢湊齊。」李母專斷地決定道。

自幼喪父的李益，由嚴母一手帶大，孝順的他不曾違逆過母親，而李母以一個寡婦撐起家門，也練就出強悍的性格，幾次李益想稟告小玉的事，都沒敢說出口，只好依從母親的話。

他趁著省親的假，到各處借錢，這一借又是渡長江，又是過淮河的，從夏天到秋天，到處奔波，才把結婚的錢籌到。

「公子！小玉夫人那兒又傳來家書了。」家僮秋鴻拿著一封信箋進來。

李益沈重地接過來。「秋鴻，以後連信也不要收了。」

「公子，可是要怎麼回復呢？不用回復，還有再不要提起她了。」

「公子！至少給個了斷吧！」秋鴻不忍地勸道。這些日子以來，接到無數的信息，都是小玉夫人探問消息的，也有捎給他信，跟他打聽消息，小玉夫人待他向來恩重，他實在不忍心欺騙她。

「如何了斷？告訴她我所說的話全是騙她的嗎？告訴她我要娶妻了，新娘不是她嗎？告訴她我所說的一切都不算數嗎？我說不出口！」李益沈痛地說。

說不出口卻做得出來嗎？秋鴻不解！

「直接說母命難違，應該無妨，小玉夫人不是不明理的人。」

「通知長安的親友，別讓小玉知道我的所有消息和行蹤，她得不到消息就會死心的，畢竟她交遊廣闊，不難找到其他對象。」李益無法想像，要對小玉親自承認自己是個負心漢的事實。

我不是存心要做負心漢，對小玉說過的話，不是存心騙她的，是情況不允許，我改變不了情勢的發展。怪只怪她薄命，淪落風塵，連帶的讓我的誓言無法實現。

對！就是這樣，我不是負心漢，讓她死心，她或許可以找到更好的歸宿，跟著我，只是窮官員的小妾，法有明規，再怎麼樣我也無法娶她爲妻。她要求我給她八年，可見，她沒想要當我的小妾，所以只好讓她死心，讓她死心是最好的方法了。這麼做對她最好了！是這樣沒錯！

無法面對自己負心的事實，李益這麼自欺欺人地想。

可憐的霍小玉，自從李益逾期不歸，就不斷地透過各種方法打聽他的消息。無奈，李益的親友們都受到了拜託，全都東騙西扯地敷衍她，不肯對她說出實情，她花費金錢收買那些人的僕佣們探聽消息，也僱請專門探聽消息的走馬員幫忙找尋，卻一直都沒明確的結果。

人事盡了，沒能得到消息，她求助於鬼神。哪邊大仙靈驗，她就帶著丫鬟不辭辛勞地課卦求卜。哪裡有神，哪裡拜，哪邊有佛，哪邊求，只要有一點點的希望她就充滿期待，說要作法，她就花錢作法。若得到否定的答案，她就沮喪。

這日她又來到寺廟祈福求籤。「觀世音菩薩，信女半年前，來請問您和李郎的姻緣，您給了上上籤，說不久會有消息，現在都半年了？一點音訊都沒有，請您再給個指示，我和他是不是還有緣分呢？」

結果她抽了個下下籤，當場淚如雨下。「爲什麼？爲什麼半年前有緣，半年後無緣呢？騙我的吧！不準，上次不準，這次一定也不準。」她自我安慰道。

她又跪在菩薩面前，「菩薩！我不求籤了，請您用擲筊的方式指示我吧！若我和李郎尚有緣分，哦不，若我和李郎已無緣分，請顯示三個聖筊！」

結果她得了兩個聖筊一個笑筊，看到前面兩個她的心差點碎了，見到第三個才轉悲爲喜（註5）。

「小姐！回去吧！」浣紗心疼地勸著，這些日子以來，陪同小姐四處求神拜佛，她一點都不願看到小姐得到心裡想要的答案。如果所有神佛都告訴小姐，緣已盡，多好，這樣小姐就會死心了。

然而這只是她一廂情願的想法罷了，小姐不接受肯定以外的答案，所以她會一直問，問到得到想要的答案爲止。小姐不是眞的問神佛，小姐只想向神佛要求保證，要求心中想要答案而已。

可恨的負心人，看他把小姐折磨成什麼樣了？天下會爲什麼有那麼狠心的人呢？浣紗忿恨不平地怪怨李益。

從期待到失落，從失落到挫折，再走過挫折，重新期待。霍小玉日復一日地等著李益的消息，時而失望，時而充滿信心。失望的時候，想著他曾經許下的每句誓言，他是那麼信誓旦旦，不可能負心的，一定是什麼原因絆住他了。

也許他病了，家人爲了讓他安心養病，送到什麼清幽別莊避見賓客，所以親友都不知道他的近況，是這樣，一定是這樣。於是她又掛心起他的健康，衷心期待他的康復。

也許因爲李太夫人反對，所以他需要時間說服母親，在沒說服母親之前，不想讓我操心，所以不敢和我連絡！是這樣沒錯。絕對是這樣。

想到這種可能。她興沖沖地又寫了封慰藉的信，要他安心，她能體諒他的處

很多人在遇見感情挫折的時候，都會四處去算命、抽籤、卜卦、催眠、問因果，也許在旁人的眼中看來，這樣很迷信，對當事人而言，這是經歷挫折的一個歷程。感情的事不是自己盡力了，就能夠掌握它的發展，不是自己付出多少心力，就可以看到多少成績。特別是對於一個能力強，做任何事都很有成果的人，要接受這樣的事實，需要一段時間調適。在認知這個事實之前，他一定只想得到他要的答案，所以他會尋求超越的力量、神祕的力量來幫他。

這只是他尋求心理安慰的表現而已，人在這個時候，只尋求一個希望，任何人給他希望就會被他所接受，所以這也是一個危險的時刻，這也是近年來社會上發生許多宗教事件的社會心理因素，受害者多的是受過高等教育的社會精英。因此當我們遇見挫折，當我們在尋找出口時，我們也要記得提醒自己，我們走在「唯一」的危險鋼索上。能幫我們的是：多想想那「唯一」以外的事物。

境，願意等耐心等待。當然這信也如石沈大海般，全無回訊。

漸漸地她怨！怨他狠心無情、負心無義。很沒骨氣地，她想念，想念他的甜言蜜語，回憶過去的山盟海誓！那寫著他誓言的三尺素縑，她時而隨身攜帶，時而寶貴地密密收藏。就這樣反反復復，日夜煎熬，終於病倒了。隨著時日移轉，病情愈來愈重！昔日艷冠長安的傾城容顏，如暮春的牡丹般幾近凋零。

即便李益從未稍來隻字片語，小玉還是思念著李益，她對他的心就像磐石般堅定，不肯稍稍移轉。還是經常給李益的親友送禮，拉攏他們，希望從他們那兒得到任何一點李益的消息。

為了尋找李益，她散盡家財，母親的不悅她視若無睹，忠僕的勸諫，她充耳不聞，一心一意只想找到李益，她想念他，更想知道他怎麼了，就算要把她拋棄，也會有個說辭不是嗎？

只要沒有消息，就有各種可能，而其中一個可能是他會回來。是他主動許下的承諾不是嗎？自己從來沒有要求要與他天長地久，是他說要白頭偕老的。

她的錢花光了，於是偷偷變賣著箱子裡的衣服珍玩，這些東西，全由浣紗她們帶到西市去，給有名的古董商侯景先代賣。

這天，小玉喚來浣紗，「聽說，陳公子從鄭州回來，把寶匣拿去賣，然後買些上好的宣紙送給陳公子，向他打聽消息。」

「小姐！這樣不行的！這是王爺留給您最後一件禮物了。」浣紗勸阻道。

「我知道，那是給我上鬟用的，可是我失身於人，哪有機會以這珍貴的髮釵行笄禮呢？」小玉感傷地流下淚來。

「是奴婢不好，惹小姐傷心，可是小姐，死了心吧！那人不值小姐如此對待，他失信無義，有失君子之德，這樣的人有什麼可眷戀的？」浣紗誠心地勸著小姐。

「浣紗，聽話，去吧！」小玉不想多聽，那些話，都沒錯，可她做不到。

浣紗不好違逆主子，雖然不情願，還是聽從了。

她帶著寶盒出門，走在市集上，和一頭髮花白的老人錯身而過，手臂被旁人撞了一下，寶匣掉了出來。浣紗連忙拾起，老人也過意不去地蹲下身幫她撿拾。

老人看出寶匣出於自己的手工，打量著浣紗。

「妳不是霍王府琳琅閣小姐的貼身丫鬟嗎？」原來這老人，正是當初打造紫玉釵的懷石師傅。

「是的，您是懷石師傅！」浣紗記得這師傅，小姐的紫玉釵就是他打的。

「沒錯。丫頭，這裡頭是紫玉釵吧！妳要拿去哪裡？可不可以讓我再看一次？」

這件飾品，是老人一生所作的少數精品之一，有機會再見一次，是多麼意想不到的好運呀！

「哦，好，我找個地方給您瞧瞧。」浣紗出身王府，當然知道這些工匠們的心思，對於好的寶貝，他們總是喜歡多看一眼。

浣紗找個茶館坐下，讓老師傅好好地看看自己得意的作品。

「ㄚ頭，妳要拿這玉釵去哪呢？」懷石關心地問。

「是這樣，我們小姐自從霍王過世後就……」浣紗把事情大致說了一遍，「現在姑爺去了東都，一點消息都沒回來，小姐憂愁成病，已經兩年了，她叫我把這支玉釵給賣了，好換錢給人送禮，打聽姑爺的消息。」浣紗邊說邊掉著淚。

懷石淒淒然感慨地說：「世事難料啊！誰想得到，王爺生前百般疼愛的寶貝女兒，在他身後被糟蹋成這個樣子啊！我這老玉工已是風燭殘年了，見這樣無常的盛衰變化，也忍不住落淚呢！」

「是啊！是人都不忍心，那人怎麼這麼狠呢！」浣紗氣憤道。

「這樣吧，我這些年在宮內作坊當差，結識了許多貴人，這玉釵，我代妳拿去賣，興許賣個好價錢。」擦乾眼淚，懷石也想幫幫那可憐的癡情女。

「謝謝師傅，您的大恩大德，我一定會稟告小姐的。」浣紗感激地說。

懷石把浣紗帶到延先公主府邸，把小玉的事情詳細說給公主聽。

「當年王爺還給我一萬錢當工錢，說爲了女兒自然要給最高的工錢。」懷石見公主動容，順勢強調這玉釵的價值。

公主聽了，也爲小玉感到哀傷，她買下了這支玉釵，給浣紗十二萬錢。

「回去轉告妳家小姐，希望這十二萬錢能幫她達成心願。」公主慈祥地送上祝福。

浣紗再三禮拜公主後，隨著懷石出府，一路上對懷石千恩萬謝地表達感激之意，懷石也衷心希望小玉能找到人。

李益新聘的盧氏女，就住在長安城，他湊齊了聘禮，納了聘後，才回鄭縣上任，那年的十二月，他請了假，又到長安，準備與盧家小姐完婚，他到長安後，悄悄租了一棟偏僻幽靜的房子，不讓親友知道他在長安。

李益的表弟崔久明，有明經科的功名。爲人厚道，以前常跟著李益到霍小玉家玩，在宴席之間談談笑笑，頗爲熟稔，他有任何關於李益的消息，都會跟霍小玉說，霍小玉也對他很好，生活上常資助他，他很感激。

李益這麼做，他爲霍小玉的遭遇感到不平。當他得知李益在長安，準備結婚的消息，立刻前去告訴霍小玉。

「太過分了！天下間居然有這種事！」小玉難掩恨怒地說。

「崔公子，請您務必把他請來見我，也請您通知其他所有能夠替我說上話的親友們，幫我把他找來，當然我也會親自派人懇請他們幫我，讓我能夠見上他一面。」小玉誠懇地請求道。

「嫂子！沒問題，我一定會去勸他來，也會幫妳請其他人一起這麼做，妳好好養病，不要掛心！」崔久明看不過去，決心要幫霍小玉。

另一方面，李益的僕人秋鴻也再三勸告他：「小玉姑娘爲您得了重病，她也已經知道您在長安了，您就去見她吧，好歹把話說清楚。」

李益苦惱道：「事情到了這樣的地步，負情失約的我，有什麼臉去見她呢？別再說了！任何人要見我，都說我不在，明天一早就替我備車。」

秋鴻眞的不明白，爲什麼有負於心，愧疚在心，反而更是硬起心腸來拒絕人呢？公子爺到底是太多情還是太無情？

就這樣，李益天天早出晚歸，迴避所有找他的人。消息傳到霍小玉那兒，使得她更傷心。

見一面有那麼難嗎？希望當面說明白眞有那麼爲難嗎？原來在他心目中，我是那麼不堪的一個人嗎？連最後一絲絲做人的溫情都不給嗎？買賣不成仁義在不是

嗎？就算成不了夫妻，也不需如此狠絕吧！我的情，原來那麼不堪啊！

李益愈是逃避，更執著了霍小玉想見一面的心，她終日以淚洗面，無心進食，對原本沈重的病情，無疑是雪上加霜。她不過是想見一面啊，連這樣小小的心願都不能達到。不甘心！眞的很不甘心，她愈想愈恨，愈恨愈想，病情益加惡化，終於衰弱到無法起身，終日躺在病榻上。

於是，全長安城的士人都知道李益負心的事了。

「可憐！那多情的小玉！」酒樓裡，浪漫風雅的文士們感慨地說。

「她可憐的不只是被負心漢錯待哪！」其中一青衣儒生道：「多年前，我在崇敬寺的廂房，無意間聽到，她是被親生母親騙進風塵的！」儒生把當天的事細說一遍。

「可惡！那無情無義的李益！居然如此對待身世堪憐的薄命女子！」酒樓的另一角落有幾位豪俠之士，其中一黃衫客，聞言，難掩怒氣地說。

第六章 訣別

到了三月，春光明媚，所有人都出外遊春踏青，李益也和三五好友到崇敬寺賞牡丹。一行人在西廊漫步，邊賞花邊吟詩，互相唱和。

同行有個個韋夏卿的人，看著艷麗的牡丹，心裡感慨萬千。眼看正在讚嘆滿園牡丹丰姿的李益，是那麼的歡心喜悅，相對於臥病在床的小玉，真叫人覺得不值。

韋夏卿忍不住開口對李益說道：「風光如此明麗，草木也欣欣向榮，可憐那鄭卿卻只能孤苦伶丁地躺在閨房裡，含冤忍苦。你居然能夠這樣對待她，真是殘忍啊！大丈夫的胸懷，不該如此無情，慎思吧！足下。」

就在他感慨小玉薄命，責怪李益薄情的時候，忽然由前頭走來一黃衫俠客。這個人胳臂挾著一張精巧玉弓，面容俊秀，神采翩翩，輕便華美的衣著，吸引了所有人的目光，身後還跟著時興的胡人打扮少年，看來是他的僕人。

他已經悄悄跟蹤李益許久，對於李益和霍小玉的事，全然清楚了。

他走向前來，向李益拱手詢問：「閣下是李公子嗎？我是山東人，和皇室還有點關係，雖然不善於詩文，卻向來尊敬才子賢士，久仰您的聲名與才華，常常盼望見上一面，今日幸會，得以瞻仰您的風采，實在令人高興哪！」

李益見此人儀表不俗，又如此奉承，不禁暗自得意於是自己聲名。口上客套地應承了幾句。

黃衫客熱忱邀請道：「寒舍就在離此不遠處，養了一班梨門子弟，可以助興，還有八九名嬌艷的歌舞伎，駿馬十幾匹，這些可以供您任意驅使。希望您光臨。」

李益的朋友們聽了，個個稱讚叫好，便擁著李益跟隨那黃衫客策馬而去。黃衫客帶領大家很快地穿過幾條街，來到勝業坊。李益眼看離小玉家近，就不想過去了，找個藉口，掉馬回頭。

「寒舍就在前面，幾步路就到了，難道您忍心撇下大家不去嗎？」說著一把抓過李益馬匹的韁繩，連人帶馬牽著走。

李益不從，無奈黃衫客馭馬技術太好了，他無法掙脫，又不敢跳馬。一會兒就拐進了小玉所住的巷子，來到鄭家門口。

李益驟臨故地，神情恍惚，心中百味雜陳，打馬回身，還是想逃避。

黃衫客命僕人把李益抱下馬，推進車門，命人把門鎖上，不讓他出來，並對著裡面高喊：「李益來了！」

院子裡一片驚喜聲！連門外都聽得清清楚楚。

就在昨晚，小玉做了一個夢，夢見一個黃衫男子抱著李益進來，放在席子上，讓他坐下，叫他爲小玉脫鞋。

一早醒來，小玉就把浣紗和櫻桃叫到跟前：「這些年來，難爲妳們，讓妳們爲

我擔憂了。」

「小姐，快別這麼說，只要您打起精神來就好。」櫻桃哭泣地說。

「自失身後，把妳們排在心門外；爲了個負心男子，弄得自己今天這般模樣，說來我只是賭氣而已，氣爹從來沒讓我了解人心險惡，恨娘斷送我的未來，更恨自己無知無能，癡心無救，所以狠狠地作賤自己罷了。」小玉終於說出了心事！

「小姐！」兩個丫鬟心疼地跌哭在地。

一直以爲小姐柔弱如水，哪裡知道她有這麼剛烈的性子？！

「衣箱底下，有妳們的賣身契。浣紗，幫我拿出來，裡頭還有些銀票，是給妳們辦嫁粧的。妳們這兩個傻丫頭，到底是像誰呢？這些年攢的錢，全貼去買上等藥材給我了吧！」小玉憐愛地看看兩個忠僕。

「過些天，福哥會來接妳們，他在老家站穩了，可以讓妳們依靠了，他會以兄長的身分安頓妳們，替妳們找到好歸宿。記得，就算沒有血親，真正懂得疼惜妳們的人，就是妳們的家人。」小玉已經寫信派人送給福哥了，在信裡她安頓了兩個忠心的丫鬟。

兩個丫鬟感到害怕，齊聲道：「小姐！不要我們了嗎？」

小玉安心地笑了一笑，吩咐道：「把東西拿回房裡收藏好後，去請夫人過來。」

母親找來後，小玉告知自己的夢，接著解夢道：「鞋和諧同音，這夢意味著夫妻再見有望；脫，就是解，合了以後再分開，這會是永別了。從這夢看來，很快就見得到李郎了，見了以後，我就要死了。」

淨持著急地勸道：「兒啊！何苦這樣想不開，李益負心，妳就把他忘了吧！好好調養身子，憑妳的姿色，要多少才子不能呢？乖！吃點東西，娘一定會替妳找個有情才子嫁了。」

「娘！別再說了，幫我梳粧，好讓我能夠原諒妳對我所做的一切。」小玉冷靜地說。

淨持以爲她病得太久，神志不清楚了，也沒把她的話當回事，只是順著她的要求，替她梳洗打扮了一番。

才裝扮好，門口，就傳來李益來了的消息。

聽到這個消息，已經幾日無法自行翻身的小玉，居然坐了起來，換上衣服，走出房外，好像得了神佛加持般。

終於讓她見到這個負心人了，她眼中的怨與怒是那麼地強烈！緊緊地盯著他，一句話也不說。

李益逃避她譴責的眼光。超強的意志支撐著她的生命，瘦弱的身體卻禁不住，那嬌柔的姿態，像隨時要倒下似的。

盈滿著屈辱怨忿的淚，模糊了她的視線，慢慢地，她掩袖拭淚，擦完，又回過頭來看李益。大家看見她這憔悴的模樣，想起從前那明艷嬌媚的風采，禁不住地留下傷心的淚水，滿屋子都是唏噓的啜泣聲。

不久，有人從外面送了數十盤的菜餚，外帶好幾瓶酒，說是黃衫客送給他們的。浣紗命人擺好餐具。

「今日不分主從，大家都坐吧！」小玉對眾人說，眾人依次坐下。

小玉入坐後，側過身子轉過頭，斜眼看著李益，李益羞愧心虛地逃避著她的眼光。過許久，小玉舉起酒杯，把酒灑在地上，向神禮敬。

而後，她對著李益明白地說：「身爲女子，我如此薄命！作爲一個男子！你這樣負心。今日青春貌美的我含恨而死，撇下堂上老母，無人奉養；放著錦繡華服無人穿著，擱下精良樂器無人調弄，帶著無限悲苦步上黃泉。這一切的一切，全是拜你所賜！」

李益自慚地低下頭。

「李君啊！李君！別以爲不理不睬，時日久了，就可以過你的好日子，今日我當與世永別，死後，我一定化爲厲鬼，使你一家永不安寧！」

說完，她伸出左手，握住李益的手臂，右手把酒杯扔在地上，聲嘶力竭地大哭幾聲後，氣竭身亡。

淨持把她放在李益懷中，叫他呼喚她的名字，爲她招魂，然而她並沒有回魂，小玉就這樣死於少艾的雙十年華。

李益悲傷慚愧地以丈夫的身分，爲她穿上孝服，日夜悲悲切切地在她靈前哭泣。就在出殯的前一天晚上，李益看見她站在靈前的幕幃之間，就像平時那樣娟麗美貌。她穿著紅色石榴裙，紫色的短繡襖，紅底綠花的披肩，斜靠著帷帳，手臂上掛著精繡披帶。

定定地看著李益，她說：「謝謝你送我，看來你還是有那麼點情分。我在幽冥世界裡，哪能沒感受呢？」說完她就走了。

第二天，把她安葬在長安御宿原，李益在墓地哭了一場。就這樣兩人之間的山盟海誓與恩怨情仇，全隨著小玉沈睡於御宿原（註6）。

寫完了小玉的愛情，小玉還是在那兒坐著流淚，既看不見我，也聽不到我的聲音，我眞是有病啊！居然相信一隻鸚鵡的話！

「鸚鵡！鸚鵡！給我出來，有種騙我，就給我出來受死！」我生氣地挑釁。

「氣質！氣質！妳這哪像個老師！」鸚鵡不知從哪兒飛出來。「還有，我是青鳥，不是鸚鵡，妳有沒有點生物常識啊！」

「你明明是小玉院子裡的鸚鵡！」

「喲！倒不能小看妳的靈性，居然認得出來，但妳錯了，不是我是那隻鸚鵡，而是那隻鸚鵡是我。先有我，才有鸚鵡，我變成那隻鸚鵡，懂嗎？我可以變來變去，那隻鸚鵡不能變來變去，懂嗎？」瞧牠得意的，誰管牠變不變？

「管你是什麼？現在我寫完了她的故事！小玉還是在那邊流她的淚啊！」

笨鳥又啄我！

「懶惰蟲，妳哪有寫完？李益後來娶了老婆，又疑心老婆偷人，虐待老婆，最後鬧得上官府訴請離婚。又納了小妾，成天疑神疑鬼，沒事就打小妾，嚴重的話還把小妾給殺了。後來贖了名妓當妾，又成天恐嚇她，他是藍鬍子先生，要她乖一點，還替她弄了中國式的貞操帶。沒事還打一把短劍，拿著劍對他的姬妾們說，那是最利的材質製成的劍，專殺有罪的人。他所有的女人都受他猜忌，沒有一個真心相愛的，後來又娶了兩個，但結果都被他休了。這麼多事妳都沒寫，哪叫寫完？」

瞧牠還會口渴呢！說完了跑到桌上喝兩口水。

「拜託！那干霍小玉什麼事？那是李益自己的問題好嗎？你只叫我寫霍小玉的人生，我不想浪費我的腦汁寫那無用的男人！」

「可是霍小玉死前，不是說要他不得安寧嗎？」青鳥辯道：「他是因爲霍小玉的報復，才心理不正常的，這應該算是霍小玉的影響，妳該寫完。」

「我不這麼認爲！霍小玉看他用心守喪，出殯前現身和他說那些話，就是原諒他的意思了，是李益自己抗壓性低，以致心理變態。」

「不管妳怎麼認爲，人家蔣防的原著有這一段，妳就該忠於原著。」

我揮揮手不耐煩地說：「你找蔣防去寫啊！有點時代意識好嗎？想想看在一千多年前，一個讀書人寫這種風花雪月的事，能不遮掩一下嗎？當然要來個因果報應的結尾，盡教化風俗的義務嘛！不然故事再吸引人，也難逃被衛道人士攻擊的下

6 人往往在失去之後，才發現自己沒有想像中那麼不在意原先所擁有的；也經常在失去之後，發現自己沒有想像中那麼在意自己所不能釋懷的事。李益在小玉死後，哀痛之情，是前者；小玉在死後感受到他的哀痛，而給予安慰，是後者。然而生命何等可貴，許多事情別等到失去了，才發覺自己在乎的是什麼。在我們手上的東西，在我們身邊的人，不妨以今生就這麼一次相逢的機會對待。這樣腦袋裡面自然會分得出輕重緩急，就不會被一些雜念給擾亂了，錯過了自己真正在乎的人、事、物。

場，現在講因果會被扣迷信的帽子耶？想害我被攻擊啊！」

「不行！妳一定得照原著寫。」笨鳥居然跳到我頭上。「妳不寫，我就啄光妳的頭髮。」

「那我就把你寫得被天帝限制法力，然後關在籠子裡，帶到夜市幫人卜鳥卦，拿卦金去史雲遜植髮。」呵！威脅我！不知道作者最大嗎？

「因爲妳沒寫那一段，小玉才不想和妳溝通。」青鳥改口威脅別的。

「不是這樣的！」小玉開口了。

青鳥好像被沖天炮炸到一樣，竄來竄去地亂飛！「成功了！成功了！眞的成功了！姑奶奶，妳終於肯出來了。」

「小青！」小玉伸出手，親熱地呼喚牠。

就在青鳥飛撲進她的手心之前，我將牠截了下來，掐住牠的脖子。「有問題！說！你爲什麼有這解套的反應？你是不是隱瞞了什麼？」

「哪有！我哪有隱瞞，我是傳遞幸福消息的青鳥，看見小玉肯出來當然高興。」

青鳥的神情極度鎭定，那樣子極度疑似故作鎭靜。

「一千多年前你到小玉身邊做什麼？既然你是傳遞幸福消息的青鳥，爲什麼小玉那麼慘？」愈想愈可疑，如果小玉院子裡掛的是普通的鸚鵡，一個女人愛上一個男人，被拋棄後難過而死，不是什麼新鮮事。可有這隻西王母的使者在身邊，還慘成那樣，西王母沒理由到現在仍有香火。

「言姑娘！算了，一切是我自作自受，怪我自己心太癡，不然什麼苦也不會有的。」小玉替青鳥開脫道。

「青鳥，她有這樣的領悟，是不是連情石都不必找了。」我問道。

「就是這樣才要找情石啊！受了一次愛情的傷害，就以爲那是愛情的全部，不再相信感情，這樣的人生不完整啊！」青鳥搖頭答道。

「哼！」可笑！「你以爲相信感情，就會得到感情嗎？你以爲得到感情，人生就完整了嗎？」我一連丟了兩個問題。

「你知道，爲什麼你只存在於我們人類的神話裡嗎？」我不惜打擊牠的痛處。

「那是因爲人生本來就不完整，許許多多的人不願意面對這樣的事實，卻無法逃避這個事實，所以才有了神話，人類相信神話，是一種自我安慰。」大學時的神話老師，聽到我把這些倒背如流一定很感動。

「妳這丫頭！再怎麼伶牙俐齒，也不能否認一個事實，每個人都希望自己有個安穩的人生。人不懂愛就不可能活得安穩，讓小玉去找情石，不外是讓她懂得愛，小玉！去吧！別活在淚海裡。」青鳥訓完我，不忘勸勸小玉。

「我不想離開！我這樣過也沒什麼不好啊！至少我習慣了。習慣傷心、習慣流淚。沒有高興來比較，傷心並不那麼難受；沒有歡笑作對照，流淚也不覺悲哀啊！」小玉口氣平板地說。

看到了吧！這樣沒有生機的生命，不完整！青鳥用意識提醒我。

「我從夷洲來，想遊終南山，缺個伴，小玉姑娘願意陪我出去走走嗎？」看好，這叫溝通技巧，要先建立對方的價值感，才能給對方振作的力量。我丟一個意念給青鳥。

雖然不相信愛情，不過我覺得人生可以沒有愛情，卻不能因爲沒有愛情就什麼都不要。所以青鳥說的對，小玉不妨走出淚海，不管世上有沒有情石，不管最後她的淚海能否填平，她習慣住在淚海也沒關係，只是，生命不該只顧沈浸在失望的情境中，所以我邀她一起看看終南山。

「遠來是客，言姑娘又難得地知道我無心報復那人，我當盡地主之誼。」小玉答應了。

「那我們走吧！」做夢的好處是沒有時空的限制，說走就走，不需要準備任何配備。

「等一下，妳們看那邊。」青鳥怪叫道。

做夢的壞處也在於沒有時空限制，像上網一樣，隨時可以跳出廣告視窗，干擾你正在進行的步驟。

我和小玉順著青鳥誇張的羽翅看去，在我們屋子的右角，有座海神廟，從海神廟口望去，則是另一個世界。那是一片紅海，鮮血匯成的海！海的一端有條小河，通往海神廟，鮮血一滴一滴地由小河流向大海！廟裡坐著一紅衣女子，臉上蒼白全無血色！

「這不會是宋代的桂英吧？」流淚成海雖然淒涼，多少是有美感的。流血爲海，一點美感都沒有好嗎？

「所以我先讓妳看淚海，再看血海啊！別說我不人道啊！」青鳥一副討人打的嘴臉。

「是！您聖恩浩蕩！又要我把這困在血海裡的桂英勸出來？」這次我已經不需笨鳥告知了。

說實在的我並不是那麼同情桂英，而且那麼多血，可以交給捐血中心。依我推測，這個不甘情人欺騙而自殺復仇的女子，性情如此剛烈，應該是O型血液，血庫最缺了。把這血海填平，挺浪費的。

不過基於人道精神，就算這血海多麼有價值，也不能坐視那汩汩鮮血，從一個

女子的身上，流了近千年還繼續下去，這和養黑熊取熊膽同樣缺德。

「雖然聰明的女人難相與，可偶爾就有那麼點好處，非常好共事，不用我多說，妳能明白，最好！去寫吧！」青鳥指使道。

「那小玉呢！我在這兒寫，小玉怎麼辦？」我看看小玉。

「小玉在這段時間，就拿妳幫她寫的愛情故事來看吧！雖然廢話不少，還有些耐人尋味的，小玉妳就邊看邊想，順便看看妳的落難姊妹發生了什麼事。」青鳥翅膀一揮，屋子裡又多了部電腦。

照例，把一切項事教給青鳥。我又在筆記電腦前敲敲打打。

第七章
王魁

這是一個眞實的故事，故事的主角，是出身於仕宦人家的書生。因爲父兄在當時，都是知名官員，所以作者怕被秋後算帳，沒敢把他的眞實名字說出來，信手給他取個名字，叫王魁。

王魁這個人，在當時算是名人了，不管是才學或品性，都廣爲人知。不過依世俗人情而言，通常一個人有些才氣，只要沒犯大錯，又出身有社會地位的家族，要得到品學兼優的評價，並不難，王魁就是個樣榜。

這年王魁參加秋天舉行考試時，在考卷上忘記閃避皇帝的名字，不僅落榜，還被官方訓斥。遭到這個打擊，他感慨萬千，心灰意冷，於是離開京城，來到山東萊州散心。

萊州這個地方的讀書人，早聽說了他的盛名，都樂於前來與他結交往來，邀他四處遊玩。

這天，王魁的幾個新朋友，邀他到萊州城四處逛逛，他們來到城北一個深出的巷子，巷底有一所住宅。

「王兄！萊州城的讀書人，不能不認識這屋子裡的主人，所以今天我帶你來見識見識。」許仁在站門前向王魁說道。

說完，陳峰敲了敲木門，從屋內走出了一名女子，門打開的那一瞬間，西落的

夕陽也從門後方洩了出來，金光閃耀，映得那女子霞光燦爛般，奪人心目。

好個俊麗艷色！王魁心中暗嘆！打量一番，女子看起來也不過二十出頭。

女子露出笑容，屈膝施禮道：「昨天做了個好夢，今天果然就有貴客來臨。各位公子請進。」

把一行人請到客廳入坐，陳仁向女子介紹王魁，之後那美麗的女子叫人準備好酒菜，請大伙共享。

美女善於應對賓客，輪到向王魁敬酒時，她說：「我的名字是桂英。酒是上天賜與人間最好的禮物，現在公子您得到桂英我獻予上天最好的禮物，實在是來年春天考試，金榜提名的好兆頭。」

王魁接過獻的酒杯，豪氣地一飲而盡。

桂英見王魁大器的舉止，開心對所有人說：「王公子將來一定是個了不起的人物！」

眾人又喝了一會兒的酒，桂英又對王魁說：「早就聽聞公子學識淵博、才華出眾，不知道有沒有那個榮幸請您即席作詩，讓大夥兒長一番見識。」

王魁並沒推託，很快地吟誦出來：

謝氏筵中聞雅唱，何人戛玉在簾幃？
一聲透過秋空碧，幾片行雲不敢飛。

意思是：豪華熱鬧的筵席中，響起悠雅的樂音，在那美麗的重重幃幕裡，精彩彈奏的是什麼樣靈巧的人兒啊？那輕揚悠美的絃律，飄上了秋天蔚藍的天空，就連流浪的雲朵也停下它們匆忙的腳步。

不愧是知名才子！文辭清麗，也給主人最好的讚美，眾人聽了一致給他滿堂的喝采。

桂英當然感謝王魁的好意，這天一群人把酒言笑，賓主盡歡，好不熱鬧。入夜客人一一告退，桂英將王魁留宿家中。

纏綿過後，王魁好奇地問：「姑娘姓什麼？擁有這麼美麗的容貌，怎麼會走上這條路呢？」

桂英毫不隱瞞的說：「姓王，家裡世世代代務農，過得還算安穩，外公是個讀書人。七歲開始遇上連年旱災，窮得全家靠挖田裡的草根糊口，外公說哥哥聰明，該讓他上學堂讀書，田裡復耕也需要錢買種子，所以把我賣了，讓哥哥讀書，也給家裡買種子。」

「怨嗎？」王魁向來生長在世代爲官的家庭，這民間疾苦，只從書裡面看過，倒不曾眞正體會過。他的人生一向順遂，要不是這次意外落榜，他也從未受過挫折。

「怨誰？」桂英看了他一眼，反問道。

接著她說：「怨外公不該要哥哥讀書嗎？不讀書世世代代看天吃飯，遇上連年旱災，連個後路都沒有，然後眼睜睜地賣骨肉入風塵嗎？怨爹爹爲何生在農家嗎？怨娘爲何把我生成女兒身嗎？」都怨不得呀！桂英感到最痛苦的是——連怨都沒得怨！

情境堪憐！王魁無言地摟摟她，不知可以說什麼。

「別說我了，你呢？爲什麼到這個小地方來？」

「所有的人都認爲我這次考試一定高中，連我自己都沒料到是這樣的結果，居然大意到寫下了皇上的名諱！」王魁至今還難以接受，所以他自我放逐。

「日後有什麼打算？」桂英問道。

「能打算什麼？沒臉回家鄉，走到哪算哪兒吧，反正我沒考上，一切都沒希望了。」他自暴自棄地說。

「可以回家啊！既然家中父兄都是官員。」

「回去被奚落嗎？一個讀書人，考不上功名還有什麼用？不會有人在乎一個沒功名，又沒錢財的落第書生的。」王魁悲觀地說著。

桂英拍拍他的肩膀，安慰地說：「至少你是個男兒身，至少你有才學，雖然我這樣說是交淺言深，但是以下的話，請你好好考慮好嗎？」

「什麼事？」王魁眉宇之間揚起一絲困惑。

「憑你的能力，只要振作起來，好好用功讀書，下次一定考得上，你就留在我這兒，至於你讀書生活所有的一切費用，由我來負責。」桂英看好王魁的前程，願意幫他重新出發。

王魁很高興地答應了，就這樣他留在桂英家中，兩人過著夫妻一般的生活。

第二年，朝廷徵選人才，下詔舉行特別考試，王魁知道機會來了，於是和桂英提起。

桂英大方地說：「我有些家產，願意拿一半出來，當你西行入京的旅費，所以不用擔心錢的問題，專心準備考試就好。」

王魁感動地執起她的手：「我到萊州已經一年了，這一年來一切花費全由妳負責，已經讓我感激不已，現在又資助我去京城的旅費，我不成功就算了，如果我有功成名就、榮華富貴的一天，絕對不會忘記妳對我的所有付出。我發誓一定報答妳，不會辜負妳對我的所有恩惠！」

桂英感到安慰地點點頭。

幾天後，王魁對桂英說：「過幾天我要出發了。」

「嗯！知道了。萊州北邊有座廟，是供奉望海神的，非常靈驗。分別之前，我們到那兒上個香，保祐你平安順利，順便也在神明面前，一起立誓，表示我們的誠意。」桂英對王魁提議道。

王魁高興地答應了，於是桂英準備些供品，兩人相偕到海神廟。

到了廟裡，桂英把供品擺好，點上香，分三柱給王魁。

桂英跪在蒲團上，開口祈求道：「海神座上，信女桂英，偕同王魁前來敬獻香花素果，請您保祐他考試順利，金榜題名。如果他能高中，我們會再準備供品，前來答謝。」

王魁在神明面前起誓道：「我王魁，和桂英情意相投，深愛彼此，今日在神明面前鄭重發誓，永遠不辜負對方。如果誰起了背叛之心，違背了這個誓言，神明您就直接殺了他；如果到時神明不處死他，您就不是靈聖的神明，而是愚弄百姓的鬼怪！」

桂英聽了王魁的毒誓，爲他的誠意感到安慰說：「你至誠之心，神明一定也很感動的。」

然後她也對神明起誓，「我王桂英，一定會安分地等待王魁的好消息，絕不變心，如果變心，同樣願受神明處以極刑。」

接著他們兩人在神明面前，各自解下頭髮，將兩人的頭髮，連同彩色絲帶編成一個雙髻。然後又拿出小刀，各自劃破手臂，接出一杯血水，和祭神剩下的酒和在一起，作爲交杯酒，一飲而盡，向神明表示他們結髮同心的決心。

到了傍晚，他們才一同回到家中。

王魁上路那天一早，桂英爲他送行，在郊外擺下惜別酒席，因爲感時傷情，她寫下了一首詩：

靈沼文禽皆有匹，仙園美木盡交枝。
無情微物猶如此，因甚風流言別離。

內容是說：池塘裡面美麗的鴛鴦們，雙雙對對地彼此相隨著，美麗庭園裡那分生兩邊的梧桐樹，它們的枝葉也彼此交錯著，那些沒有感情的小東西，都如此相親相愛，爲什麼風雅浪漫的你，將離我而去？

王魁看了詩，錯愕地問：「怎麼了？」

桂英故作解人地說：「沒什麼！是我難免感慨，憑你的才學，這一次一定可以獨占鰲頭，我只是擔心不能和你白頭偕老、永不分離而已。」

王魁驚訝地表白：「妳怎麼可以這麼講呢？是不相信我嗎？昨天我們明明在海神廟發了重誓，我們的誓言就像天上的明月那麼清晰，我想和妳相守到老的心，就像精煉過的鐵塊那麼堅定，我說的每一個字都是眞心話，就算是死了，我的誓言還是會跟隨著我，就算到陰間地府，也不會背棄我的誓言！」

桂英分離在即，心中總有股不安，她故作堅強地說：「早點回來，我會盼著你，希望你別忘了我們的誓言。」

辭別了桂英，王魁一路西行到京城，果然一切順利，他成績優異，得到了高分。放榜後，他派了一個僕人送信給桂英，告知好消息，並附上了一首詩：

琢玉磨雲輸我輩，攀花折柳是男兒。
來春我若功成去，好養鴛鴦作一池。

意思是：以我燦爛的文筆，征服了所有考生，名列前矛的成績，證明了我是眞正的男子漢。明年春天，等功成名就的我回到妳身邊，我將養一池的鴛鴦在塘裡，象徵我們的甜蜜幸福。

桂英得到這個消息，萬分雀躍，立了回了一封信給他：

我所敬重的夫君，接到你的信，感到萬分高興，也感到同等榮幸。我一直認定你的才華，事實證明，我未曾看錯眼。恭喜你，你的人生將要邁進更高一層樓，我相信，到了廷試，以你的風采、你的才學、你的臨場表現，絕對可以得到聖上最高的肯定，我祝福你，也準備好為你慶功的酒。

接下來果然如桂英預料般，王魁在天子親自主持的殿試中，表現傑出，得到第一名的成績，成爲該次考試的狀元。

在這一路捷報的過程中，最初，王魁是喜悅的，所以他急著和造就他的桂英分享。隨著捷報一個個的來，他應對著所有慕名前來的同儕，人人向他恭賀道喜，隨口說著未來的榮華富貴，漸漸的他意識到一個問題。

以我那麼高的成就，飛黃騰達的未來就在眼前，若身邊卻有個不名譽的妓女，

不就玷辱了我的名聲。何況家裡的父親又是那麼地嚴肅，一定不會容許我有個人盡可夫的妻子！所以他決定背叛誓言，不再寫信把考試的結果通報桂英。

由於王魁考中的是狀元，消息不難打聽，他不通報，桂英還是探聽到了。她非常開心地專程派人送信去向他道賀，並又附上了一首詩：

人來報喜敲門速，賤妾初聞喜可知。
天馬果然先驟躍！神龍不肯後蛟螭。
海中空卻雲鼇窟，月裡都無丹桂枝。
漢殿獨成司馬賦，晉廷惟許宋君詩。
身登龍首雲雷疾，名落人間霹靂馳。
一榜神仙隨馭出，九衢卿相盡行遲。
煙霄路穩休回首，舜禹朝清正得時。
夫貴婦榮千古事，與君才貌各相宜。

意思是：聽到報喜的人急切的敲門聲，我的心也跟著喜悅跳動。夫君果然如天馬般奔馳爲先鋒，又像神龍凌飛於群龍的最前端。有了夫君，海中沒有任何生物能超越，就連月裡的神仙，都不是你的對手。夫君你才華洋溢文筆出色，像司馬相如和宋玉般獨步文壇。當代文人的筆，都因你而封。夫君你一路前行不回頭，響亮的名聲傳遍四方。像天上神仙般出巡有眾多天兵天將護從，夫君你一出門則有百官相從，登天的路正開闊。政治清明的時局，正有利於夫君大顯身手。夫君你取得了榮耀，讓爲妻的跟著顯貴，我們夫婦倆，郎才女貌的美名，將會留傳千古。

除了這首詩，還寫了一首絕句，題名爲再寄良人。

上都梳洗逐時宜，料得良人見即思。
早晚歸來幽閣內，須教張敞畫新眉。

意思是說：京城裡面的姑娘，妝扮都很新潮，想必夫君看見這些美麗的女子們，心中一定會這樣想：好想早點回到桂英身邊，到時，我就可以在房間裡面教她畫最流行的眉形了。像晉代有名的張敞一樣，享受夫妻恩愛的情趣。

王魁得到桂英的信，看完了之後，既感動又感傷，感動的是桂英的文才、桂英的相知；感慨的是雖然不論外貌或內涵，桂英都足以匹配自己，但她低賤的身分，無法通過世俗眼光的檢閱（註7）。

負心這事，他是無法避免的，想到要捨棄這麼一個知重他，又有恩於他的女人，縱使他已下決心，仍難免感傷。

王魁無奈地拿著信，流下眼淚說：「我和桂英，是不可能有未來的。」

所以他沒有任何的回信給桂英。

7

人是群居的動物，有時候不是所有事情都能自主。在社會的網絡裡面，我們的生命和其他人的生命交會，糾結成一個點，社會就由這一個個的點織成一張網。因此有些事情無法不考慮，也無法不在意其他人的觀點。以王魁來說，婚姻是他個人的事，但是除了他是個獨立的個體外，他有朋友、他有家人，而他的婚姻自然地會受家人朋友的影響，也會影響家人朋友，所以一個無法被他的家人、朋友所接受的對象，對他而言就成了一種難題。無法被社會所接受的對象，同時也會變成他在社會裡面發展的阻礙。

這個問題在古代是如此，在現代社會難道就不存在嗎？現代人雖然講究民主自由，但仍然要在社會秩序、社會價值和個人自主之間，作一理性平衡。不然夫妻吵架，可能累得整個社區的人連夜逃命，這時婚姻是個人的事，卻也是整個社會的事了。身為現代人，不能不認識自由的限度，不能不了解自我和群體的分際，否則，一旦做出社會所不能容許的事情，必然被社會所排拒，嚴重的話，還會造成傷人又傷己的慘事。

第八章 復仇

桂英不知道王魁的心變了，還成天安安分分地關在家裡，一心等著王魁回來接她。

直到聽說皇帝在上林苑宴請新科進士的宴會，已經完成了，仍沒收到王魁的回音，桂英心中忐忑。發生了什麼事？爲什麼不來信？因爲應酬多，沈迷於歡心喜悅中，忘了我嗎？

桂英又寫了封信給王魁，信中仍舊附上一首詩：

上國笙歌錦繡鄉，仙郎得意正疏狂。
誰知憔悴幽閨客，日覺春衣帶繫長。

這首詩內容充滿哀傷的情緒，繁華的京城有著五光十色的夜生活，夫君此時正得意縱情地享受成功的喜悅，哪裡會知道在深閨的爲妻憂傷不安呢？每天穿衣服的時候，都發覺腰帶又變了長些。

那衣帶漸寬的女子是桂英自比，王魁當然是知道的，一年的感情也不是說斷就斷的。見她憔悴，見她情傷，他也會難過。讀到這些詩，他也著實內心交戰了一番，到底感情和前途哪一個重要呢？任何有腦子的讀書人都知道，沒有前途，什麼都免談。可他也是讀聖賢書的啊！孔曰、孟云講的是什麼？都是人情義理啊！

桂英是這樣全然爲他付出、眞心待他的女子啊！她對自己有恩、有義還有情啊！去年若不是桂英的勸勉，自己不知還要墮落多久，要沒有桂英資助，也不知要流落到哪兒，又怎會有今日高中狀元的光景呢？

可是人言可畏啊！父親嚴厲啊！家規不可違，國法不可犯啊！

王魁拿著桂英的信，坐在書桌前陷入沈思。忽然聽見家僮通報。

「公子！老爺派人送信來了。」家僮恭謹地遞過書信。

王魁接過書信，在抽屜裡取出拆信刀，將箋口挑開。

信中，父親告知，已經替他訂了親事，對方也是官宦世家，和王家有著同樣聲望的崔家小姐。

王魁看完家書，一手把書桌上桂英的信，移到角落感慨地說：「天意如此，怪只怪桂英出身不良吧！」

於是王魁聽從父親的安排，和崔家小姐成婚。很快的他的職務派任也下來了，被任命爲徐州簽判，這是一個專管徐州訴訟事件的職務。就任之前，依慣例，有回家省親的假期，他自然是回江南晉見父親，而後直接前往徐州就職。

桂英左等右等，都沒有他的消息，聽說他回江南省親，雖然失望，但想想也是人之常情。也許他會趁此機會，和父母稟報兩人的事，可能很快就有佳音傳來呢！後來又聽說他到徐州上任了。

桂英向僕人確定了消息後，歡喜地說：「徐州離這裡不遠，他一定很快派人來接我。」

於是她開始整理行李，打理著得替他多做幾套像樣的衣服。當官了，禮服花樣可多了，家居服也不可輕忽呢！還準備了送王魁的賀禮，並想著哪些要送王魁的上司，哪些可送他的同僚，下屬又送哪些才好。

又過了些日子，還沒聽到使者的消息，桂英把替王魁新做的衣服，派家僮送到徐州去，並附帶了一封信給王魁。

桂英的家僮到達時，王魁正升堂審案，堂上許多旁觀的民眾和各級幹部都在。管家不信家僮的說法，夫人明明就姓崔，好端端地坐在府中內廳裡，怎會有個狂徒，冒充夫人名義，來送衣物與家書呢？所以把他帶進堂上。並將書信衣物交給王魁。

王魁不知那是桂英派來的人，當眾問：「你從哪裡來？」

僕人說：「小的從您萊州府院，桂英夫人那兒來！」

王魁當眾翻臉。「大膽刁奴！敢來擾亂公堂，來人，給我拿下去打他二十大

板！」說完，把書信和衣物丟回僕人身邊，打完後，就派人把他趕走了。

僕人滿腹委屈地離開公堂，並在街坊探聽王魁的事情，得知他已娶妻。只好帶著衣物和書信，回去稟告桂英。

僕人一到桂英家大門口，所有僕佣都圍著他探問消息。每個人都預期他會帶好消息回來。僕人一句話都沒說，垂頭喪氣地，直接前往桂英那兒。

「夫人！老爺已變心，另結親事了！他不承認您，還把俺惡打了一頓呢！」

「什麼？眞的嗎？你說的是眞的嗎？他眞的這麼說？」桂英激動地抓著僕人手臂。

僕人被打的傷還痛著哩！他反射地縮躲著。

「是的！夫人。小的聽了也是氣憤，所以小的又在街坊探聽了，老爺確實娶了妻，還是望族崔家的女兒呢！」僕人一五一十地稟報。

「天啊！這算什麼？這算什麼！天啊！怎麼可以！怎麼可以這樣呢！」桂英氣憤、失望、不平、怨恨，心中翻攪著各種情緒！

那海神廟前的結髮、那神明在上的信誓旦旦、那花前月下的甜言蜜語、那深閨枕畔喁喁私語，全是虛情假意！全是假的！都是假的！

她傷心地淚流滿面。「好！我知道了！下去休息吧！」她遣走僕人。

僕人離開後，她哭倒在桌邊！摸著桌緣，想到過去兩人在這案上共同吟詩的情景，她心醉。既而想起他的負心，她心碎！一股怒氣湧起，她把桌案舉起，狠狠地摔在地上！她狂怒，她狂摔。任何王魁碰觸過的東西！全摔個稀爛！

像狂風橫掃般，整個內廳，一地粉碎！再沒東西摔了，她餘怨未了，委屈地哭倒在地上！

「天啊！爲什麼！爲什麼要這樣對待我！我哪裡錯了？出身窮困有罪嗎？被人賣入風塵有罪嗎？眞心付出有罪嗎？勸人上進有罪嗎？助人科考有罪嗎？相信誠諾有罪嗎？如果有罪！也只是顧家的罪！只是眞心對待的罪！只是不願就此淪落的罪吧！也只是慷慨義氣的罪！只是力爭上游的罪啊！僅僅只是相信承諾的罪啊！」她哭喊著和天議論公道，她不平！她不服！

「老天爺啊！爲什麼這樣待我？」她聲聲困惑地向天質問！

「小姐！您要保重啊！」丫鬟在一旁難過地勸慰道。

小姐豪爽、小姐俠義、小姐多情，她們是知道的；但是小姐烈性、小姐好強、小姐不服輸，她們也是知道的。這會兒狂風橫掃、霹靂直破地發完了脾氣，她們才敢進勸。

「住嘴！別管我！別理我。全退下！全都給我退！」桂英怒吼著。

不要聽，她什麼都不要聽！都這樣了，難道要生氣不可以嗎？要難過不可以嗎？她就是要生氣，就是要難過，就是要傷心，就是要痛痛快快地哭！誰都不許阻止！

被這麼一吼，侍兒又急又驚，也不敢再多說什麼了。

等她哭夠了，聲音啞了，髮也亂了。滿廳的混亂，讓人收拾好了。

她讓丫鬟替她梳洗一番，帶著一雙紅腫的眼，清爽沒有鉛華的臉，她對丫鬟說：「今天王魁辜負了我，違背了我們的誓言。我們以性命立誓的誓言，他竟然不遵守，我不會就此干休！一定要他以性命來償！無奈，身爲一個女人，我能做什麼！只有一死，死後找他報仇！」

她下了決絕之心，眼中充滿復仇之火。「去準備香火，我要到海神廟去。」

丫鬟不敢違逆她，只好依她指示去做，在心中暗暗祈求，去一趟海神廟，也許神靈保祐，小姐能夠冷靜下來，別想自殺報仇那麼恐怖的事。

桂英來到海神廟，接過丫鬟交遞的香柱，虔誠地跪在地上，對著海神稟告道：「海神在上，信女桂英，日前偕同負心賊王魁來到這兒，向您祈求考試順利。果然蒙海神保祐，他順利高中，本想他回鄉省親，將偕同他一道前來，進供答謝，哪知他負心無義！信女只好一人獨來，請海神接受答謝之禮。」

稟告完畢，桂英三禮拜，讓丫鬟把香拿去香爐插了。又另外拿出一分供禮，點上清香。

桂英又跪到神案前。「信女桂英再拜海神座上，當初，我和王魁在您面前，盟誓結髮，若誰違背了誓言，誰得就讓神您以死爲懲罰！現在，王魁辜負了我對他的恩情，違背了當初的約定，大神您難道不知道嗎？

神啊，如有您要是靈聖的話，就請爲我主持公道吧！我不相信世上沒有公義，我不相信人間義理喚不回！我相信神明您有靈性，既然讓他高中，也要讓他的誓言應驗！執行您的懲罰吧！我這就去助您一臂之力，請爲我判決此事！」

說完，桂英帶著丫鬟離開。才入家門，她拿出一把剃刀，往脖子一抹，飛噴的鮮血如同她的意志，直射海神廟的方向。立即倒地而死。

因她求死的心意堅決，丫鬟連搶救的時間都沒有，只能哀淒地將她屍骨收拾，忍住悲憤，打理喪事。

幾天之後，丫鬟在桂英靈前，焚燒紙錢。「小姐！您爲什麼那麼傻呢？那負心人負心，就由他去吧！何苦賠了一條命！您含冤帶恨地去了黃泉，人家不是照樣左右逢源，過他大官人的榮華富貴！不値啊！小姐！沒了這個負心人，咱們依舊能過

日子不是嗎？我的小姐！您就這麼丟下我們啊！」（註8）

丫鬟哭得唏哩嘩啦的，突然看見靈前燭火搖動，小姐露出了半身，樣貌和生前一般。

「紅兒！別難過，今天，我可以報仇了，海神已經撥了天兵天將給我，讓我去收拾那個負心漢！妳別為我傷心了！活在沒有公義的世間而又任人輕賤的命，我不要。我來跟妳辭別，以後人鬼殊途！大家自行保重。」說完一陣寒風吹向門外。

紅兒訝異地跟出門外，只見小姐騎著一匹高大的黑馬，手裡拿著一把寒光磣然的寶劍，身後幾十個兵士聽她指揮，一群人雷霆萬鈞地往西而去，隱隱地他們消失

8 生命有其獨立性，只有自己能夠對自己的生命負責。桂英的行為，我們也常在新聞裡面看到，許多傷心失戀的人穿著紅衣自殺，期待以死做為報復懲罰的手段。這樣的做法多麼可惜，畢竟不管給對方多大的懲罰，都比不上自己活跳跳好吧！如果被欺騙是那麼不甘的損失，賠上自己的命，損失不是更慘？為一個對我們好的人付出再多都好，為一個欺騙自己的人，付出生命多麼奇怪啊？

如果恨一個人恨到命都可以不要了，反過來說活下來又有什麼困難呢？死了什麼都沒有了，活下來除了所恨的人沒有之外，其他都可能擁有，這樣不是很好嗎？為什麼非要得到那個讓我們恨得要死的人呢？為一個爛人賠上自己的生命，會高興才怪呢！對負心人最好的報復，應該是活得好好的，讓他嘔死。

在空中。

很快地，他們來到了王魁徐州住處。王魁的家人看見桂英手上拿著劍，全身沾滿了斑斑鮮血，從天上降下來，所有人都嚇得四處逃散。

桂英開口道：「我和其他人無冤無仇，不會傷害你們，今天，我只要抓那無情無義的負心漢王魁而已！只須告訴我，王魁在哪裡，就沒你們的事了。」

所有人都怕得縮成一團，其中有一人說：「大人現在在南京當閱卷官。」

得知了王魁的去處，桂英和隨從們突然消失在眼前，眾人有如惡夢一場。

夜深人靜時，王魁正在南京禮部閱卷，天際突然吹來一陣狂風，眼見一群人馬，由天際奔馳而來，一溜煙地就到眼前，仔細一看，原來是桂英。

桂英一身是血，披散著頭髮，手持長劍，眼中發出熊熊恨火，指著王魁咬牙切齒地罵道：「王魁！你這無情無義的負心漢！我上天下地四處找你，你卻在這裡！想想看我是怎麼對你的，你口口聲聲說會報答我，在神明面前指天劃地起誓言，結果呢？」

王魁辯道：「我也出於無奈啊！」

她含著淚水說：「若是無心，你何必假意！要沒誠意，又何必發下重誓！我是那麼地相信你，毫無疑慮地幫助你，你居然這樣回報我！」

王魁低頭，「我是不該，但實因妳出身不正，我無法抗拒父母的安排。」

「嫌我是妓女，爲什麼不早跟我明說？我是什麼身分，難道不自知嗎？是你開口閉口不在意，是你千聲萬聲沒關係，是你指天咒地結夫妻！而今天你怎麼說？」

桂英氣得發抖。

王魁嘆口氣：「我眞的不是存心以誓言騙妳！」

「你千不該、萬不該給了我希望，又如此重重地刺我一刀！你千不該、萬不該任何交代都沒有，就翻臉不認人！你變心也就算了！連個傳信的僕人都毒打！你良心何在？連一絲舊日的情分都不顧，你孔曰孟云說的都是些什麼！」

王魁縱使想辯解，但桂英說的都是事實，知道自己理屈，於是嘆口氣。

他也知道這是桂英的亡魂，因此他說：「我錯了！我認罪，我現在就幫妳請法師，爲妳誦經作課，好好超渡，多化些紙錢給妳！多誦幾卷佛經給妳！讓妳在九泉之下，也能享受榮華富貴。」

桂英冷笑。「這稀罕嗎？我要紙錢做什麼？我要佛經做什麼？我只要你的命！」

說完一切都消失了。留下呆愣愣的王魁和莫名其妙的旁人。

王魁身邊的人都覺得奇怪，他幹嘛一會兒男聲、一會兒女聲，自言自語的說個不停！原來只有王魁看得到桂英，其他人都沒看見。

突然，眾人就看見王魁發了瘋似的，拿剪刀刺殺自己！大家趕緊把刀搶下。誰都沒想到，像王魁這樣的文弱書生，有那麼大的力氣，眾人攔他攔得辛苦，不小心還被刺傷了。因此圍場的主事官，派人把他綑綁起來，連夜送回徐州家中。

回到家中的王魁，精神不穩定，總是鬧著要自殺，只好依舊將他綁著。請大夫來看，也看不出什麼結果，只能開些安神定魂的湯藥。

經過了幾天的休養，王魁看起來情緒平靜了，他的母親不忍愛兒受苦，就替他鬆綁。王魁一得到自由，馬上發狂，又拿起刀子自殺，王母愛兒心切，盡全力把刀子搶下，才沒讓他丟了性命。但王魁自己好像全然沒有活下去的意念，總是想盡辦法自殺。

後來，王母打聽到徐州有個靈驗的道士，聽說只要做場法事，就可以在夢中得到事情的結果！所以王母請這馬守素道長到家中作法。

那天晚上，王魁的母親果然做了一個夢，夢中，王魁和一個女，子兩人長髮合撮編成一個髮辮，雙雙坐在一官府中。

馬守素道長聽王母敘述這個夢，同情地對王母中，「王魁沒救了！」

全家聽到這樣的消息!都難過地痛哭失聲，果然幾天後，王魁終於拿刀把自己殺死了。

故事到此整篇結束，我想不通這樣完整的故事有什麼問題?

一個負心漢遇上一個敢愛敢恨的妓女，結果男的如願考上功名，理所當然地負心;女的不甘被騙，理所當然地報仇。最終，仇也報了，到陰間地府去，男的繼續當他的官，女的如願地和他再次結髮，當上官夫人。不也算是另類的各償所願嗎?

這和小玉含悲而死，又被誤會了一千多年的冤情不同，有什麼好不平的呢?

我對著海神廟裡的桂英問道，她不理我，我沒輒。小玉則看完桂英的故事，深感同病相憐，哭得沒空理我!

「笨鳥!我寫完了!出來!」我只好把笨鳥找來。

這笨蛋當鸚鵡的時候失職，當海神也失職。那種出人命的誓言，牠也傻得應驗。要我來當海神，就讓王魁沒考上，桂英養他一輩子，他就不能嫌人家出身不正啦!於是兩人互遞詩文，一輩子恩愛，不就得了。

「膚淺!膚淺!」笨鳥有攻擊狂，啄得我手臂全是瘀痕。

「桂英到底有什麼好不滿意的?要報仇，有你幫忙，要結婚，地府也許可了，

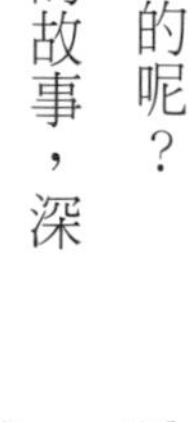

想當官夫人，去地府也當上官夫人了，一切都如願了不是嗎？」

「妳認爲這樣的生命不會有問題？」青鳥問道。

「不然還要怎樣？」

「有些事，不是完成就了事了。」小玉幽幽地說。

「沒錯！」桂英居然開口了。

「怎麼說。」我趕緊拿一條棉布，給她圍在脖子上，滴不停的血很可怕的。

「世人都以爲我由愛生恨，得遂所願，但我要的，不純粹是王魁那個人和官夫人的名聲。」桂英百般委屈地說。

「那妳要去找情石嗎？」

「當然！我不想流血流個不停。」原來她也覺得脖子掛著血不好看。

「那妳早離開不就好了。」我不解地問。

「我是自殺的，不是想離開，就能離開。今天，若不是言姑娘妳，替我把怨氣寫出來，我脫不了身。」桂英坦白地說。

太好了，一點都不需費唇舌，這個桂英好處理！

「那我們走吧！」我挽著她們兩個。

「就兜！」這作怪的笨鳥，居然落日文。

「還有幾個要寫！你最好一口氣交代清楚，沒看見王魁怎麼死的嗎？」我眼中射出熊熊的怨怒之火。

耍人啊！事情不一次講清楚，像在驢子脖子上吊紅蘿蔔一樣，討人厭。

「妳反應那麼快，讀者跟不上的啦！」青鳥怪道，翅膀指向南方。「看看那裡吧！」

那裡金光萬丈，那裡寶氣沖天，那兒還有盈盈一脈長江。怪的是江水下面，居然是一片珍珠瑪瑙，玉石翡翠積成的一片海。

「是龍王的女兒嗎？」她雖遇人不淑，但被柳毅救了，柳毅沒有負心吧！

照例我手臂上多了個瘀痕，如果回台灣，我被航管局的警察，送去驗尿，一定掐死這隻壞鳥！

「呵呵！活該，誰教妳沒耐性，沒看完就下判斷！看到在岸上丟寶物的那個人沒有？」

岸上有一裝扮美麗的女子，不斷地丟著珠寶。

這太奢華了吧！這一丟也丟了近五百年，古人做事眞有毅力。不過寶物積成的海，不需要情石來塡吧？派我去撿就好了。我很樂意把它撿光。

「我們可不可以不要去找情石，撿十娘丟掉的珠寶比較實在。」那些都是難得的珍品耶！隨便撈幾件上網去拍賣，我就可以不必教書了。

當然我得到的是，六道有如利劍的譴責兇光，這下不用操心小玉和桂英怎麼辦，她們已經在一邊，一起數落負心漢的種種不是了。

我呢！乖乖去寫杜十娘怒沈百寶箱。當然這篇寫完，我發誓！絕不會任青鳥再耍下去了。大家都看見，發誓是有效的，欺騙女人的下場，相信大家已經看得很清楚了，笨鳥膽敢騙我，牛頭馬面大哥們，油鍋幫我備著吧！

第九章 杜十娘

掃蕩殘胡立帝畿，龍翔鳳舞勢崔嵬。左環滄海天一帶，右擁太行山萬圍。
戈戟九邊雄絕塞，衣冠萬國仰垂衣。太平人樂華胥世，永永金甌共日輝。

這首詩，是歌詠明朝都城燕京，也就是現在北京城建都的情形。北京城的形勢，北邊有山海關屏障，南方各地全在它的幅員之下，眞可謂金城天府，萬年不倒的城市。

當初，明太祖朱元璋，打敗蒙古人，定都在金陵城，也就是今天的南京。到了明成祖朱棣，從北京起兵南下，平息王室之亂，惠帝失蹤，成祖登基帝位，把都城往北遷到燕京，叫作北京。相對於北京，所以金陵稱爲南京。因爲都城在北京，所以把原本寒冷偏僻的北方城市，變成了一個繁華的花花世界。自從明成祖永樂帝到這個故事發生的時間，經過了九個皇帝，到當時萬曆年間，已經傳了十一個皇帝了。

現在這位皇上，眞是英明神武，福德兼備，十歲就登基臨朝。到現在已經四十八年，總共平息了三處亂事，哪三處亂事呢？

日本、西夏、播州這三處，日本是豐臣秀吉入侵朝鮮，西夏是外患，播州則是地方官員作亂。自從這三處亂事平定後，大明朝的聲望來到最高點，遠方的各個小

國，無不上表稱臣，爭相來進貢，眞是個太平盛世啊（註9）！

話說萬曆二十年間，日本入侵朝鮮，朝鮮國王上表向朝廷求救，朝廷爲了展現天朝氣勢，自然是發兵越海救援。然而打戰，打的是錢糧，所以戶部自然要想辦法籌備軍費。

「各位聽說了嗎？戶部那些英明的官員，想出了籌錢的好法子了。」鄉下的一棵楊柳樹下，幾個老人在那兒下棋，旁邊圍觀的老人甲提起到。

「能有什麼好法子？」正持黑子的老人乙，停下了他下棋的手，好奇地問。

「就是開放太學生的名額，讓官宦或富家子弟，可以透過捐款的方式，進入太

9　囉嗦這麼一堆，這是說書人糊口的手法。這個故事是擬話本小說，所以形式上，保留了話本小說的特色，一來就是開場詩，一方面賣弄一下說書人的才華，另一方面則是讓說書人可以等等客人，所以這一整段全是開場白，可長可短，如果時間到，客人都來了，這些廢話就省了。客人來得遲，為了怕遲到的客人沒聽到前面，進不了狀況，索興不聽了，所以說書人會先說些和故事背景有關，但沒聽到也不會影響的內容，讓先到場的聽眾不至於無聊！

不過這次的開場白實在太長了，所以我強烈懷疑，那個說書人，是號稱來自西王母家的那隻笨鳥。瞧！這就是開場白的特質，可以天南地北的扯，只要有趣味性就好。不過從話本的開場白裡，我們可以領悟到任何事，一開頭通常有很多的變數，為此我們需要保留一些彈性的空間，一切問題就可隨機解決。

學就讀。這個方法叫納稅入監。」老人甲提供了答案。

老人們聽了，都搖搖頭。太學是何等榮耀的事？天下學子孜孜矻矻地苦讀，得出類拔萃才能進入太學院，現在居然有錢就可以進去了。這公理何在？

「呿！簡直是賣官。」老人乙不以爲然道。

「是啊！這怎麼了得，那些有錢人家的子弟，不必苦讀，只要捐錢就可以當太學生，出來就有官做了。」老人丙不平道。

「也不一定吧！在太學裡每個月都要考試，沒有通過不能進級，每年也要考試，三年一大考，那些個紈褲子弟，就算能夠進去也沒能力結業出來。」執白子的老人比較樂觀地說。

「若是這樣，那些有錢人家怎會願意捐錢？這納稅入監的法子，給了幾個好處，進去容易，讀的書和正格的太學生不同，較簡單。將來考試的試題也簡單，錄取的名額也多，雖然一開始不能當大官，但憑他們的家世，要混成大官又有何難？」老人甲說道。

幾個老人同時搖頭，人啊！過不了幾年太平日，好日子才來，妖孽就出現了。恐怕這天年要變了啊！老人們心裡無不這麼想的。

因爲有這個制度，有錢人家的小孩，都不循正常管道考秀才入太學，全都捐錢去當太學生了，所以當時南京和北京太學生，名額都增至千人以上。

這當中有一個人叫李甲，字干先，浙江紹興人，父親李布政。他家裡有三兄弟，李甲是老大，瞧他的名字和字，就知道他父親對他的期望，希望他在科舉考試中名列前矛。

一旦出現了好機會，李布政自然捐了筆錢，換得兒子進入官場的跳板。那年，李甲和同鄉柳遇春，都在北京的太學院唸書。因爲納稅入監的太學生，讀書只是形式，課業不重，學校管得不嚴，平常他們就到在各處蹓躂。

這天，李甲和柳遇春一起逛妓院。

「說到風月場，就不能不會一會這北京第一名姬，杜十娘！」帶他們兩人出來見識的王偉說道。

「哦！那是什麼樣的女子呢？」李甲好奇地問。

「這十娘，名叫杜孅，之所以叫十娘，是因爲她在妓院裡，排行第十。說書人是這樣形容杜十娘的：

渾身雅艷，遍體嬌香，兩彎眉化遠山青，一對眼明秋水潤。

臉如蓮萼分明卓氏文君，唇似櫻桃，何減白家樊素。

可憐一片無瑕玉，誤落風塵花柳中。

十娘命運坎坷，從小被賣入妓院。別的女孩通常在十四歲之前，最多只是執壺賣笑，還不必與客人過夜，杜十娘的嬤嬤，卻是個索錢鬼，十三歲就迫不及待地把她的初夜給賣了。」王偉說道。

「眞是可憐哪！」李甲個性溫和，聽了這樣的事，心軟地說。

「現在她十九歲了，七年之間，她經歷了許多王孫公子。每個人都對她意亂情迷，爲她傾家蕩產，在所不惜。北京的風化圈裡，傳出了一個順口溜來。

坐中若有杜十娘，斗筲之量飲千觴。
院中若識杜老孅，千家粉面都如鬼。

「可見杜十娘魅力非凡啊！」王偉詳細地說起，有關杜十娘的種種事蹟。

柳遇春只是跟來長長見識而已，他理智地說：「既是第一名妓，花費應當不少，我們沒必要湊這熱鬧吧！」

「柳兄，不必掛意此事，今日我作東，咱們就會會這北京第一名姬。」李甲闊

氣地拉著柳遇春，跟隨王偉進教司坊。

「哎喲！王公子啊！您可想死杜嬤嬤啦！好久都沒看見您啦，您不知道這美人院少了您，就如同茶敘少了甜點哪！」杜嬤嬤一見王偉立刻上前獻殷勤。

王偉笑著對杜嬤嬤說：「這不來了嗎？還給嬤嬤帶貴客來了，這是李公子，他可是布政使李大人的長公子。這是柳公子，青年才俊前途不可限量哪！」

王偉一一把李柳二人，介紹給杜嬤嬤。

杜嬤嬤一聽李甲來歷，馬上眉開眼笑地奉承。「瞧！咱們李公子長得多俊啊！來來來！我們這兒，姑娘是最好的，燕瘦環肥，任君選擇，一會兒我讓她們好好侍候您們。」

「欸！杜嬤嬤，李公子今天特地來訪，可不爲別的，就爲十娘，可別待慢他才好。」王偉直接點名。

杜嬤嬤是有名的巴鈔婆子，什麼大小錢都要拐。會見十娘不僅茶點費高，她總七拖八拖，先隨便找些姑娘相陪，最後才讓十娘出面，這幾個姑娘的茶資，也給她賺飽了。不過杜嬤嬤可伶俐了，若把話說清楚，小把戲她就不玩了，可她沒少賺哦，包十娘的場，足夠找十個一般的花娘陪宿了。

「這個啊？公子您沒預先通知，我們十娘今兒場子都滿了，只怕是……」杜嬤嬤故作爲難地說。

「那麼改天再來吧！我們李公子可是專慕十娘之名來的，沒能和十娘好好聚聚，蜻蜓點水的見個一面，可沒什麼趣味！」王偉到底是熟門路，很清楚杜嬤嬤玩什麼把戲。

「哎喲喂！我的公子爺啊！您眞是冤家啊！也總得給我那麼點兒時間，安撫其他客人嘛！您別急，我會安排！就給我半個時辰，半個時辰後，十娘就來。」在杜嬤嬤的眼裡，只要出現在美人樓，絕不能有人沒花半分就離開。開玩笑，錢哪有明天再賺的道理？

「好吧！那麼先找個幽靜廂房，什麼姑娘都不需要，我們三個就專程等候十娘！」王偉吩咐道。

「好！好！好！我的小祖宗！就依您的。四喜！招待三位公子到迎曦亭，把最好的酒菜也備上。」杜嬤嬤吩咐侍女道。

三人來到一清雅廂房，柳遇春環處望了一眼，定睛在牆上的一幅畫上。「不想這紅樓之中，也有這麼雅致的畫兒，可眞耐人尋味啊！」

那是一幅雪中寒梅圖，梅樹骨幹遒勁有力，梅花仙姿卓然，白雪清艷奪目。佈局筆法全屬上乘，可沒題名，許是未知名畫者，不過以此功力，時運一到，馳名天

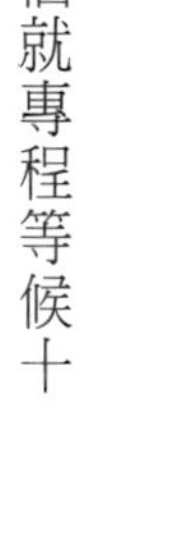

下絕非難事。

「柳兄一定無法相信，這雪中寒梅圖出自娼妓之手！」王偉說道。

「哦？」這話也引起了李甲的好奇心。他也仔細地看了畫。「王兄肯定知道畫者是什麼人囉？」

「就是今天我們要見的正主兒！」王偉答道。

「果然是可憐一片無瑕玉，誤落風塵花柳中啊！」柳遇春這才真正為杜十娘感到可惜。

「這些煙花女子，多半身世可憐，但打滾風塵多年，那可憐人往往也成了可惡之人。」王偉熟知煙花行徑，好心地提點新朋友，別一廂情願地過度同情。

「這倒也是。」柳遇春點頭到，同儕之中不乏聽到迷戀煙花，落得傾家蕩產的事。

於是士子與煙花的風流韻事，成了話題，不知不覺一個時辰過了。

這時門外傳來通報，十娘來了。

杜十娘一進門來，就像帶進了一股東風般，廂房恍如清香迷人的春日花園。

李甲初見杜十娘，驚為天人。這世間居然有如此美麗的女子，粉嫩的瓜子臉上，配置著最合宜不過的五官，明亮的雙眸泛水霧般晶瑩，會懾人心魂似的，讓人一見就難以忘懷。

「十娘啊！來，這位是李公子，王公子妳認得的，這是柳公子，李公子可誠意的了！單單只要見妳，妳沒空，他就和王公子他們在這兒自行排遣，連個姑娘也不讓陪呢！」杜嬤嬤引介道。

「有勞三位公子久待，十娘給您們施禮。」十娘開口答謝道。她的聲音柔美，聽得李甲心醉神迷。

「哪裡！姑娘客氣了。」李甲一見十娘，神魂顛倒，忙獻殷勤。

杜十娘打量李甲三人，王偉是個熟門客，和所有讀書人一樣，喜歡在歌樓舞榭中流連，卻不過度沈迷；而柳遇春，看得出來只是好奇地來見識場面，也不是什麼有錢的主兒。

倒是李甲，不失學子純眞，一身行頭也看得出家裡闊綽，那生嫩的樣兒，怕是要讓嬤嬤給削得屍骨不存了。不過這又如何？不經一事不長一智，受了教訓，回頭好好做人，也不枉吃虧上當吧！反正這些富貴人家的子弟，就怕執迷不誤，倒不怕一時失足。哪裡像那窮人家的子弟，一失足，終生不得翻身哩！

十娘展顏應對，一夕歡笑，把李甲迷得不知東西南北，日日前來尋歡。

「十姊啊！聽說妳那李甲可孝敬了，昨兒給杜嬤嬤巴掌大的一塊翠呢！」十娘的好姐妹徐，素素閒來扯淡道。

「還不是嬤嬤哄騙公子，說要給小姐添行頭，全添到嬤嬤箱底去了。」十娘的丫鬟小雨，嘟著嘴告狀。

「李公子年少輕狂，一擲金千可全為妳啊！十姊不心疼？要我說啊，這李甲性兒溫存，又長得俊俏，出手又大方，又會獻殷勤，實在沒得挑了。如果肯為十姊贖身，十姊就隨他從良去吧！」十娘另一姊妹淘艷紅說道。

「可他爹位居高官，恐容不得十娘！」徐素素理性地說。

「唉！總是這麼著，姑娘們看得上的，通常是年輕的公子，縱使兩情相悅，可他沒當家主事的權兒，總因家裡容不得姑娘的出身而作罷。有當家主事的權兒的老爺，要不年歲老大，要不腦滿腸肥！跟了又添幾分委屈。這麼三阻礙、四蹉跎的，姑娘們青春不再，沒本事留住客人，嬤嬤們索性賤賣了，到時跟個阿貓阿狗也得認命！」艷紅感慨道。神女生涯原是夢啊！

「十姊啊！如果妳想跟著李甲，可別讓他給嬤嬤掏空了，如果不想，就別太過認眞，我怕妳動了眞心。」十娘的另一好姊妹謝月朗低聲勸道。

杜十娘還是淺淺一笑，今天是姊妹相聚的日子，雖然幾個姊妹交情深厚，可以說些體己話，但是從良這事何等敏感？若沒萬全準備，讓愛錢的嬤嬤知道了，可會壞事的，所以她不作聲色。

李甲有什麼好呢？不可否認他長得俊俏，可十娘已不是以貌取人的天眞少女，之所以逐漸眞心對待，是因爲李甲單純！他少不經事，心眼乾淨，雖然迷戀自己的美色，卻是眞心迷戀。對他一點好，他就歡天喜地，給他一點疼，他也會體貼入微。這是十娘覺得李甲可取的地方。

至於從良！她不是無心，李甲也不是不願意。就如艷紅說的，李甲沒有實權，父親又嚴竣，他根本不敢提，所以只好先擱著。

別認眞！說得容易，但是風塵裡，幾時有眞心來了？難得對方眞心，自己也眞心，若怕受傷，就這樣錯失，豈不更可悲？

就算不認眞，不用情，不受傷害，難道強顏歡笑、虛情假意地送往迎來，可以過一輩子嗎？有些人不敢想，是因爲想了也沒用，可是我杜十娘有機會的，我一定可以過正常的生活，一定可以的，絕對可以。杜十娘有她的盤算。

那日杜十娘出場爲客人祝壽，回到美人樓，已是亥時，被灌了些酒，有些不舒服。李甲帶了些朋友來捧她場，好不容見她回來，看她臉色不好，連忙拿錢給小

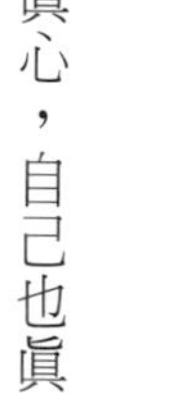

廝，帶他朋友別處尋歡，讓杜十娘無需再應酬。還親自服侍她，讓她上床休息。

「十娘！每次出場都那麼難過的話，不要再去了。」李甲坐在床緣勸道。

「我身不由己啊！已經儘量推辭了，可有些人是得罪不得的。」十娘疲憊地說。

「就讓我多給嬤嬤一些錢，妳不要再應付其他人好了。」李甲老早提過這個問題，可杜十娘並沒應承。

因爲李甲是個老實人，在沒打定主意從良於他之前，杜十娘並不想讓他多費金錢。現在她考慮清楚了，雖然他的個性軟弱了些、天眞了些，可不天眞的人，又怎會要她這樣出身的人呢？決定了。就他吧！

十娘下定了決心。「你有這樣的誠意，我很高興，我著實也厭倦了執壺賣笑，可這畢竟不是長久之計，只有爲我贖身，我們才能長長久久。」

「我當然願意替妳贖身，只是還沒機會向爹稟告，只好先委屈妳了。現在就去跟嬤嬤說，妳什麼客人都不接見，就我們兩每天在一起，實際上和夫婦無異。妳也不用再送往迎來了，等時機成熟，我就跟爹稟告，正式把妳娶回家。」李甲輕聲地安撫她。

十娘微微一笑，她當然知道，他不是沒機會，而是沒勇氣，不過急不來，就先這樣吧！只是會不會他一輩子，都沒那個勇氣呢？

依她的看法，這是極有可能的，看來從良的事，自己得多擔待些。

此後杜十娘不再接客，和李甲過著夫妻般恩愛的生活，甜甜蜜蜜的，羨煞所有姊妹，杜嬤嬤雖然可惜那些，從全國各地聞名而來的富家巨室，沒得讓她撈上一筆。不過李甲出手大方，有求必應，她也就接受了。反正賺誰的都一樣，有賺總比沒賺好。

第十章

只要二百兩

一年後。李甲的錢用得差不多了，杜嬤嬤貪財，幾乎天天上門要錢，近來不像過去有求必應，難看的冷眼就擺出來了。

「我說李大公子！你要知道我們十娘，可是老娘的金山哪！您要沒本事，就別阻擋我賺錢啊，好歹讓她見見客，賺些茶點錢白養你吧！」杜嬤嬤想李甲是個讀書人，這麼說他，應該是受不住的。

「杜嬤嬤！失禮了，昨兒因爲朋友來借錢，所以手上沒錢了，一會兒我讓小廝去兌票，馬上就給您送家用過去。」李甲客氣地回應她。

杜嬤嬤想翻臉，但看見十娘在房裡探了一下頭，看在十娘的面子上，李甲又是笑臉相向，嘆了口氣。「可別遲了，不然今晚咱們都要餓肚子了。」

這時，李家小廝帶來了一個從人。

「公子！老爺派人送信來了。」小廝把信遞給李甲。

李甲接過信，沒有打開，只對送信人說：「回去告訴老爺，我會回去的。」

「公子，您這會兒一定要跟我一起回去，老爺說了，若您不回去，要脫離父子關係呢！」從人苦心勸告道。

原來，李布政半年前，就聽說兒子迷戀名妓，荒廢了學業，幾次寫信要他回去。可是他捨不得離開杜十娘，所以始終拖延著，現在李布政撂下狠話了。

李甲聽了越加害怕，更是不敢回去了。

「你先回去，跟爹說我隨後就到。」李甲只好這樣搪塞。

杜十娘靜觀一切，看來李郎還是沒有勇氣，她在心裡無奈地嘆口氣。

李甲被家裡的來信打亂了心思，父親在信中斥責他失德無行，用詞嚴竣，看來是氣得不輕。就算回去，只怕也得不到諒解，他慌亂得不知如何是好，忘了要給杜嬤嬤送錢，自己一個人出去找朋友商量。

杜嬤嬤直接找上杜十娘。「早叫妳把那沒用的小白臉趕走，妳不聽！弄得現在要個五兩銀子，都要不到。」

杜十娘並不回話，這些日子杜嬤嬤幾乎天天進院子裡罵她，她全都悶不吭聲的，杜嬤嬤也火了。

「也不想想妳什麼出身，老娘我開的是妓院，可不是救濟院，我們吃的穿的哪一樣不是從客人身上來？妳看看這院子，除了妳這兒，哪一間不是後門才送走一個客人，前門就迎進一個客人的？要這樣門庭熱鬧，錢才會一堆一堆攢起來，妳懂是不懂？妳以爲妳良家婦女，可以大門不邁，二門不出嗎？妳是個賣笑的！誰有錢妳就賣誰！」杜嬤嬤伸手戳了十娘的頭。

十娘隱忍著。

「自從李甲那混帳，在這裡混了一年，別說是新客，連舊客都給斷了。我眞是沒事請個鬼王上門，弄得連小鬼都沒得來！妳看看我們一家像什麼樣？門前安靜得像間鬼屋！妳要不要臉啊！自己被白嫖，還要我們餓肚子不成？」

十娘生氣地說：「說話要有良心，他可是不空手上門的，這一年多來，妳在他那兒也挖了不少錢。」

杜嬤嬤現實地說：「此一時，彼一時，不然妳叫他拿點錢，讓人去買些柴米來養活你們兩個也好！總之，我歹命！別人養的女兒就是搖錢樹，怎麼搖怎麼生錢，偏生老娘倒了八輩子楣！養到妳這鐵掃把、白虎星，成天帶衰家運。

就只會躺在床上和那野男人親熱，不知道一打開門，柴米油鹽樣樣都要錢！老娘成天攢東攢西，難道是爲了替妳這個小賤人，倒貼小白臉嗎？」

「講話客氣點！我沒替妳賺過錢嗎？妳身上穿的、手上戴的，箱子裡壓著的，哪一樣不是我的皮肉錢？妳從我身上取得的暴利，我十輩子都花不完。」十娘生氣地說。

「妳還敢說！我從小養妳到大，圖的是什麼？沒有我教妳歌舞，沒有我出錢讓妳讀書學藝，妳會有今天？沒有我的栽培，妳只能當窯姊！哪有今天北京第一名姬的聲名！妳要知道，人家有錢大爺，從全國各地捧著錢上門，爲的是妳北京第一名姬的名氣，不是妳杜十娘本人！妳的名氣，是我花下本錢換來的，妳再給我賺個十年八年，都不爲過。妳這沒良心的臭婊子！還有臉吵什麼？」杜嬤嬤氣得捏她一把。

「沒人像嬤嬤這麼狠的，別人對手下的女兒，多少還有點疼惜！至少也等癸水來了才賣身。妳呢！十三歲就讓人破了我的身。沒錯，妳是花了本錢，可妳花下本錢的只我一人嗎？不就單單只有我杜十娘，得了第一名姬的虛名！妳以爲我希罕這虛名嗎？再高的賞金落的是妳的口袋，任男人玩弄的卻是我！」杜十娘忍不住心酸地指控著（註10）。

「好！妳道我養不出第二個北京第一名妓嗎？不希罕是嗎？可以，妳去和那窮漢說，有本事，拿出幾兩銀子來，我就讓妳跟他去，我再買別的丫頭，就不信再出不了第二個北京第一名姬！」杜嬤嬤被激得說出氣話。

十娘立刻咬住話頭。「嬤嬤，這話可是當眞？」

杜嬤嬤有恃無恐，李甲已被她挖得山窮水盡，連衣服都拿去典當了，瞧他那點出息，想必他也沒法子借錢。她爽快地說：「老娘從不說謊，當眞哩！」

十娘放緩語氣，冷靜地問：「娘，妳要他多少銀子？」

杜嬤嬤施恩地說：「如果是別人，沒有千把兩銀子是不行的！我可憐那窮光蛋，出不起，所以只要三百兩，好讓我買個上等貨色代替妳。不過有個條件，就是必須在三天內付錢，到時左手交錢，右手交人。如果三天內沒有錢，老娘我也不管三七二十一，什麼公子不公子的，叫人把他打出去，那時妳也怪不得我！」

十娘順著嬤嬤的話說：「他雖然現在身邊沒現錢，不過想必三百兩，還有辦法籌措，只是三天太趕了，給他十天好嗎？」

見十娘顯現天眞神色，嬤嬤暗笑，心想女兒被兒女私情迷昏了頭，才會如此樂觀，那李甲就是給他一百天籌十兩，也沒那本事。

等他籌不出錢來，就算他是鐵皮包臉，也沒臉再來了。那時候，我再把家裡裝潢裝潢，讓女兒重新迎客，諒她也沒話說。

於是杜嬤嬤答應道：「就看妳的面子，寬限到十天吧！不過，咱們醜話講在前頭，如果十天內沒有錢！就不干老娘的事了！」

十娘安撫嬤嬤道：「要是十天內沒有錢，想必他也沒臉再來了，只怕有了三百兩，嬤嬤卻反悔了。」

杜嬤嬤又禁不住激地反唇：「老身五十一歲了，初一十五又吃齋，怎敢說謊，不信的話，我和妳拍掌爲定，反悔的人，下輩子做豬做狗。」

杜十娘立刻舉起手掌，和嬤嬤拍掌爲定。

當晚，杜十娘和李甲提到將來的事。「我們這樣繼續下去，也不是辦法。」

李甲愁著眉說：「我不是沒想過，可是，要替妳贖身得花很多錢。以妳的身價，沒上千兩銀子，大概辦不到，我錢都花光了，能怎麼辦？」

「這你不用擔心，我已經和嬤嬤談好了，嬤嬤只要你三百兩，只是必須在十天之內籌出來，雖然你的旅費全花光了，可是京城裡，總有些親戚朋友吧！去跟他們借錢好嗎？如果借得到這些錢，我就是你的人，就可以不用再受老鴇的窩囊氣

10

過去的娼妓，通常是迫於現實，身不由己地成為嫖客的玩物，那是很可憐的。現今社會經濟繁榮，許多年輕男女天真的想：反正只是出賣身體而已，做個幾年就好，有什麼關係，又不偷又不搶的。所以男的當牛郎、女的當酒店公關，或是做援交。想得都很簡單，決定得也容易。這是很可悲的。

這裡面有個問題，他們可能沒想到，雖然他們自認為出賣的是身體，可是嫖客認為他買的，不止是他們的身體。一個人出賣身體的同時，也出賣了自己的尊嚴；出賣自己身體的同時，就出賣了自己當人的資格，所以人變成物了。於是嫖客對於花錢買來的物，是予取予求的，這樣不對等的心態，從古到今沒變過。

身為一個人，不能不知道，如何維護當人的尊嚴。瞧！尊嚴這兩個字，很清楚地告訴我們，關於做為一個人的資格問題，不可以用「只是」、「有什麼關係？」這麼簡單、隨便的態度看待。

了！」說到最後杜十娘摩著他的臉撒撒嬌。

李甲聽到只要三百兩，眼睛亮了起來，他執起十娘的手說：「親戚朋友們都說我留戀花叢，不思上進，所不理會我了。明天，我假裝要回家鄉，去和他們辭行，然後跟他們借旅費，相信他們會借的，多和幾個人借，湊一湊也許就有三百兩了。」

十娘聽了，覺得很安慰，終於這天眞的郎君，也爲兩人的未來做了計劃了。他只要多磨練磨練，一定會有所長進的，她開心地點頭。

第二天一早，李甲起床梳洗後，吃過早點，就和十娘告別。

十娘送他到門口，溫柔地叮嚀道：「要好好和人家說，我等著你的好消息！」

「放心！乖乖等我回來。」李甲揮揮手，信心滿滿地邁開步伐。

李甲來到東大門的表叔家。

「姪兒能夠回心轉意再好不過了，要知道你爹對你期望有多深啊！這一年來他著實爲你操了不少心，日後要好好用功，別再讓他失望哪！」表叔聽他說要回家了，親切地表示認同。

「是的！以後不會了，過去是姪兒糊塗。」李甲乖巧地承認錯誤。

「回去以後代我向你爹問好。」表叔交代著。

「是的！一定會，只是……」李甲從沒開口求人，頓時開不了口。

見表姪吞吞吐吐，表叔心裡有數，這孩子定有什麼隱情。看在李布政的面子上，表叔和言問道：「有什麼事儘管說，只要做得到，表叔一定幫你。」

李甲鬆一口氣地說：「我把錢花光了，現在沒旅費回江南。表叔能不能借些錢給我？」

表叔臉色一改前面的熱情，心想，這風流浪子，迷戀煙花一年多都不肯回去，把他爹給氣壞了。今天突然說要回去，也不知道是眞是假的，萬一他是來騙旅費，回頭又花在女人身上，讓他爹知道了，豈不怪我害了他？到時好心變成驢肝肺，噫！不妥不妥，借錢事小，李布政我可得罪不起，還是別給他。

表叔堆著笑意說：「不好意思，昨兒帳房才把所有貨款支付出去，表叔現在帳房裡也沒錢。要不，過幾天表叔正好有船要南下，順道送你回去如何？」表叔也不得罪他，把話說得漂亮。

李甲聽了大失所望，還是打起精神。「謝謝表叔，不麻煩表叔了。」

「這樣啊！那眞是不好意思啊！正巧手上沒錢，幫不上忙。」表叔一臉慚愧地說。

離開表叔家，李甲來到同鄉處。

「李兄要回去，眞是太好了，我也想回去呢，可惜還得溫書，回去別忘了代我向世伯問安！」陳六熱絡道。

李甲鼓起勇氣開口說：「我旅費短缺，還望陳兄週轉一些。」

「這個啊！原本是沒什麼問題的，只是剛剛家僮說他家裡有急用，我把伙食繳剩的現錢，全挪給他了，這會兒，也只能請你吃飯了。要不，你每天來這吃飯，我一人的伙食，夠咱們兄弟兩分著吃，等下個月家裡給了生活費，我再想法子挪些給你可好？」陳六也變了態度，不過不想把錢借他，倒也賣個人情。

一個這樣，兩個也這樣，李甲找了一天的親友故舊，個個如此。說到借錢都推個乾淨，他感到非常挫折，從來不知道十幾二十兩是那麼難得。

他垂頭喪氣地想，這就是世態人心嗎？如果是，眞的太可怕了！沒有錢，什麼朋友、什麼親戚都是假的。可以怎麼辦呢？他眞正意識到一個問題，他沒錢了。沒有錢，他連回家都有困難，更別說替十娘贖身了。

一連三天，白天李甲出門，晚上回十娘那兒，因爲都沒借到錢，十娘問他事情怎麼樣了，他只說還好，矇頭就睡了。

第四天還是沒借到，他怕面對十娘，不敢回去了。

能去哪裡呢？這一年多來都住十娘那兒，現在不去那兒，連個睡覺的地方也沒了。這時他又察覺到一件事，沒有錢，他連安身的地方都沒有。

正在他無助的時候，想到了柳遇春。剛來北京時兩人還有些交情，後來因爲自己成天去十娘那兒，柳遇春認眞於學業，才漸行漸遠的。心想，柳遇春雖然過於正經，但是個不難相處的人，應該可以去他那兒借宿，於是他前往柳遇春那兒。

柳遇春很意外李甲突然來看他，熱心地留他住一晚，見他愁眉苦臉的，於是關心地問：「李兄，有什麼爲難事嗎？」

李甲嘆了口氣說：「沒料到眞實的人心，是這個樣子的，過去以爲大家都是我的朋友，經過這次以後才發現，多數的人，是因爲我爹才和我的做朋友的；本來以爲所有的親戚都對我很好，至今才明白，他們是因爲爹才對我好的。如果沒有個布政使的爹，我是沒有親戚，也沒有朋友的。」

柳遇春聽了點點頭，來北京之後，他也體驗到人情的現實。他自己出身普通家庭，這次上太學的機會，幾乎是賣了大半家產換來的。大多數納粟入監的子弟，都像李甲這樣來自有錢有勢的人家，自然是看不起他的，所以他始終和他們保持距離。不過李甲雖然浪蕩，卻不會仗勢欺人，也不會狗眼看人低，所以他還樂意把李甲當朋友，聽李甲這樣說，私底下也爲他感到高興。

但什麼原因讓這公子哥兒，明白這人心現實呢？「李兄爲何有此體悟？」

「不瞞柳兄，實因杜十娘跟了我一年多，我倆眞情相愛，她有意隨我從良，和嬤嬤講定了贖金三百兩。我想三百兩不難，但我所有財物都已耗盡，只好假借回鄉之名，向京城中的親戚朋友商借旅費，哪知道說著錢，便無緣，每個都說手頭緊。」說著說著李甲不由自主地心生怨怒。

柳遇春搖搖頭，看來這公子哥兒還是天眞，得提醒他才好。

他誠懇地說：「李兄，容我說句不中聽的話，想想看，杜十娘是什麼人？北京第一名姬啊！要從良只怕沒有十斛明珠、千兩銀子，老鴇不會放人，怎麼可能只要三百兩呢？」

接著他分析道：「應該是老鴇怪你沒錢給他，白白占住了她的女兒，所以想了這樣的辦法趕你出門。至於杜十娘那煙花，和你相處久了，礙於情面，不好直接說出口，知道你沒錢，故意用這三百兩賣你人情，給你十天期限。十天到了你沒錢，不好意思上門就好，若上門去，她就笑你、奚落你，讓你自取其辱。這樣一來，你也不可能待得下去，這是那些風塵女子趕走客人的伎倆，你要想清楚啊！別被她們耍了，以我的看法，你要早點離開她們才好。」

李甲聽了，許久沒開口。柳兄說的也有道理，但是十娘對自己並不像虛情假意。想當初，她還沒爲自己拒絕其他客人之前，到最後全然不接客之後，她的對待完全是不同的。所以她有沒有虛情假意，是看得出來的。可是十娘有什麼理由好日子不過，要跟著已經沒錢的自己呢？他也疑惑了。

柳遇春見他似乎有些聽勸了，繼續說道：「兄台可千萬別拿錯了主意，如果你眞的要回鄉，那不需多少錢，還有人願意幫你！可是如果要三百兩，別說十天，就是十個月也很難！要知道現在這個世道，哪裡有人肯拿大錢救人的？那風塵女一定是看準你沒辦法借到錢，故意爲難你的。」

李甲說：「柳兄說的是。」心裡卻又割捨不了杜十娘。

第二天他仍是出門四處借貸，只是晚上不回十娘那兒，都回柳遇春那兒。這樣一連三天。在家中等消息的杜十娘，三天沒見李甲回來，心裡著急。

「四兒！你出去外頭找公子吧！見到他一定要把他帶回來。」杜十娘交代小廝道。

小廝領命到大街上去找，找了半天，正好在路上遇上李甲，四兒連忙拉住他。

「姑爺，小姐在家等著你呢！」四兒歡喜地說。

李甲覺得沒臉回去見十娘，掰開四兒的手說：「今天我沒空，明天再回去。」

四兒死命把他拉住。「不行，您一定得跟我回去，您不回去，我死也不放。」

四兒索性抱住他，李甲本來就不是個能堅持的人，也拿四兒沒辦法，就這麼被拖著回去。

一進屋裡，見到了十娘，他什麼話都沒說。

十娘給他倒茶，讓他梳洗清爽了，才開口問：「事情辦得怎麼樣了？」

李甲才想開口，淚就流下來了。

十娘心疼地柔聲問道：「是不是人情淡薄，借不足三百兩呢？」

李甲含著眼淚說：「我從來不知道求人，是這麼困難的一件事，一連奔走了六天，連一毛錢都沒借到。平常稱兄道弟的好朋友，說到借錢，一個個推三阻四，甚至叫了兩杯水酒來打發我！太過分了，我待他們不薄啊！當初和我同進同出，我請他們所花費的錢，何止開口跟他們借的數？」

「所以你就不好意思回來了？」杜十娘拿手巾擦掉他的淚。

「我兩手空空，哪敢回來？今天是妳讓人找我回來，我才厚著臉皮回來。不是我不用心，實在是人心涼薄！」李甲滿腹委屈地說。

十娘安慰道：「這件事別讓老鴇知道，今晚你就住下吧！我叫人準備些酒菜，讓你好好吃一頓，然後安心休息。之後，再一起來想辦法。嗯？」

李甲對十娘的體貼相當感動，在外奔波了幾天，也挺想念她的，這麼溫柔貼心

的女子，當然是眞心想從良於他了，他心下肯定著。

吃過晚餐，在休息閒聊時，李甲只對十娘傾訴多日的相思，一點也不想面對借不到錢的事實。十娘也不過於給他壓力，但是心裡卻有些失望。雖然叫他去借錢，他也借了，可借不到錢，他就逃避，缺乏面對問題的擔當，這如何是好？

雖然失望，十娘還是體貼他，不再逼他面對，讓他能夠安心休息。

李甲半夜醒來，見十娘躺在身邊，並沒睡著，關心地問：「怎麼？睡不著？」

十娘面露愁容地說：「夫君，難道眞的沒辦法籌到一點錢嗎？那我贖身的事，怎麼辦呢？」

李甲只是默不作聲地流淚，一句話都答不上。

十娘無言地閉上眼，難過之餘，還伸手拍拍他的手背。「別難過，睡吧！」

第二天天一亮，見李甲醒了，十娘牽引他的手，觸摸棉被的角落。

李甲清楚地感覺到，那是個硬塊。

十娘說：「棉被裡藏有碎銀一百五十兩，這是我偷偷攢起來的，夫君你拿去。三百兩的銀子我出一半，夫君你也想辦法籌一半，這樣應該比較容易些。只是剩四天的期限了，千萬不要延誤。」說完，起身，把棉被折起來，交給李甲。

李甲又驚又喜，叫四兒幫他拿棉被，直接到柳遇春那裡，把昨晚發生的事跟柳

遇春說了，然後把棉被拆開。果然在棉絮之中，找到許多碎銀。全部找出來兌秤，是一百五十兩。

柳遇春感慨地說：「看來這個女人，是眞心的。既然人家對你是眞心的，就不可以辜負她，剩下的錢，我幫你去借！」

沒看見事證，柳遇春用世俗看待妓女的眼光，看待杜十娘。看到了這棉被裡一百五十兩碎銀，他被杜十娘從良的用心打動。是什麼樣貪心的老鴇，會逼得她手下的搖錢樹，得用這樣的方式藏錢？又是什麼樣的決心，讓一個有第一名姬之稱的妓女，在棉被裡，藏下一個個不起眼的碎銀呢？

柳遇春打從心裡佩服杜十娘，認爲她是個眞情女子，所以義不容辭地，想幫她完成從良的心願。

李甲聽到這句話，大大的鬆了一口氣。連忙承諾道：「如果得到你的成全，我一定不會辜負她的。」

當下，柳遇春把李甲留在他的住處，自己出去替他借錢。雖然眾人都知道柳遇春沒有富有的家境，可是他平日做人誠信篤實，相當穩重，也願意幫人，交的也多半是同類性格的朋友。因此他說需要錢，大家都願意借他。兩天內，他就借到一百五十兩了。

柳遇春把一百五十兩交給李甲，愼重地說：「我之所以出面借錢給你，其實不是因爲你，而是同情杜十娘的用心，你要好好珍惜人家！」

身爲一個旁觀者，柳遇春並不看好他們兩人，杜十娘眞心要從良，可李甲能給杜十娘安穩的生活嗎？除了家世好外，李甲個人什麼也沒有，沒能力，也沒擔當，他家可容得下杜十娘？

只是杜十娘能有什麼選擇呢？一個身不由己的妓女，也只能選一個願意爲她贖身的人而已！哪還能挑剔什麼能力、擔當之類的事呢？所以能幫的，也就是完成她從良的心願，至於之後的日子怎麼過，就看他們的造化了。

李甲拿了三百兩的銀子，喜從天降，笑逐顏開，高高興興地回去見杜十娘。

十娘問：「前天，你連一毛錢都沒能借到，怎麼今天就有一百五十兩了？」

「有個同鄉，叫柳遇春，字榮卿……」李甲告訴她實情。

十娘既感動又感慨。雖然她是個妓女，可也還有人願意幫她，這一點讓她感動。怎麼旁人都有能力解決這一百五十兩的問題，而李甲對於自己的切身問題，全然沒有解決的能力？這點讓她不安。

十娘按下心裡的不安，慶幸地說：「能讓我們兩個完成心願的，全靠這位柳公子盡心盡力啊！」

第二天早上，杜十娘看著裝著三百兩的錢袋，對李甲說：「這錢一交出去，我就可以隨你離開了，這一路上又是坐車又是搭船的，全都要有所準備，昨天我和姊妹們借了白銀二十兩，你把它收下當路費。」

說著，她拿出一個小布袋給李甲。

李甲正煩惱沒有路費，卻又不敢開口，現在知道問題解決了，很是高興。在這當時，老鴇來敲門了。

「媺兒啊！今天第十天了！」老鴇喜孜孜的，掩不住口氣裡的歡喜。今天把那窮漢給趕出去，大把大把的銀子，又會成堆成堆的送上門了。

李甲聽到，立刻開門，請她道：「不好意思，讓您親自過來，我們正想請嬤嬤來呢！」說完就把三百兩推向她。

老鴇完全沒有意料，他會有三百兩，頓時變了臉色，好像要反悔。

杜十娘見狀，立刻上前說：「女兒在嬤嬤家八年，所賺得的錢，不下幾千兩。現在要從良，是好事，又得到嬤嬤親口答應，這三百兩銀子更是一分都不少，又沒有過期，如果嬤嬤要反悔，那夫君就拿走銀子，女兒立刻在嬤嬤眼前自殺。到時恐怕您會人財兩失，後悔莫及哦！」

十娘臉上現出了決絕的神情，老鴇也沒話可說，在心裡打量了半天，以眼前這個態勢，十娘是鐵了心了，弄僵了什麼都沒有，更是不值。只好叫人拿天平來秤銀子，一看三百兩足足，並無短缺。

老鴇這才不情願地說：「事到如今，想來也留妳不住！只是妳要走就一個人走，這房裡的衣物首飾，乃至於一根線一枝針，都是我的，別想拿走！」說著就把十娘和李甲，推出門外，叫人拿鎖來，把門鎖上。

那時正是九月天，十娘才剛下床，都還沒梳洗呢！就穿著隨身的舊衣，拜別嬤嬤，夫妻兩離開了老鴇的大門。像脫鉤的鯉魚般，自由自在地離開了。

第十一章

迎向未來

「十娘，妳在這裡等一下，我去請轎子來，我們先去柳榮卿那兒，再想下一步該怎麼走。」李甲要十娘留在美人樓所處的大雜院裡。

十娘拉住他說：「其他院落裡，有些姊妹平常對我很照顧，我應該和她們告別，再說她們借我們路費，你也應該去謝謝她們。」

所以，十娘帶李甲到各姊妹那兒去告別。

謝月朗見十娘全然沒打扮就出來了，訝異地問明狀況，十娘告訴她實情，並要李甲向她道謝。「我們的旅費，就是這位姊姊借的，該好好謝謝才對。」

李甲連忙打躬作揖。謝月朗讓人侍候十娘梳洗，並差人把徐素素請來，兩人都拿出最好的衣物飾品，把十娘打扮得艷麗動人。並準備一桌酒席，慶賀十娘得以從良。

當晚，謝月朗把自己的房間讓出來，留十娘夫婦過一晚。第二天，又把院內和十娘交情較好眾姊妹請來，一起祝賀他們夫婦。每個人都盡情地展現她們的才藝，好好地替他們熱鬧一番。十娘向所有人道謝。

艷紅道：「十姊，妳是我們北京風月場裡的頭兒，今天要從良了，從此我們不再相見，哪天你們要出發，一定得通知，我們好去送行啊！」

謝月朗說：「這是一定的，到時我會通知大家，只是咱們好姊姊這一去千里，

路途遙遠，他們又沒什麼錢，雖然我們不曾約定，不過，這該是我們份內的事，大家想辦法湊湊，別讓姊姊路上不方便啊！」

「那是當然！」眾人都點頭同意。

當天晚上，李甲和十娘仍住謝月朗那兒。

夜深時，李甲和十娘準備就寢，李甲看著十娘卸下髮釵感慨地說：「別人都說婊子最無情義，可我李甲奔走了六天，借不得一分銀兩，但妳院中姊妹，不但借妳路費，連那麼貴重的釵飾都送給妳！到底誰才是無情義呢？」

十娘點頭道：「同是天涯淪落人，院中若不爲客人爭風吃醋，其實大家都能相惜的，畢竟連我們都不相幫，誰還會幫我們呢？」

「夫君，我現在是自由身了，我們離開了這裡，接下來去哪兒？夫君你有什麼打算？」十娘將頭依在李甲的肩膀上，輕聲地問。雖然一切她都有定見，但任何問題，她都會先交給李甲處理，希望他懂得安排計劃。

李甲想了想。「爹正生我的氣，說要斷絕父子關係，要是知道我娶妓女回家，一定更加不堪，到時恐怕會連累到妳！所以想來想去，我還沒想到萬全之策。」

十娘無奈地輕抿唇角，無聲地深吸口氣，看來，希望他有能力處理事情，還得多訓練一陣子才行。

她只好強作解人道：「父子天性，哪會一輩子就這樣斷絕關係呢？既然一時之間怕惹他更生氣，不如我們先回江南，到時在蘇州或杭州，找個名勝地區暫住，你先回去，請親戚朋友們替我們說情，等公公氣消了，肯原諒你了，再把我接回去，這樣好嗎？」

李甲一聽，立刻同意。「這樣很好！」

第二天，他們就辭別了謝月朗，暫時到柳遇春那兒住。

杜十娘一見到柳遇春，立刻向他行禮，萬分感激地說：「公子成全我們的恩德，日後我們夫婦一定會重重回報。」

柳遇春連忙作揖回禮：「姑娘對所愛的人眞心付出，不爲他窮困而變心，實在是女中豪傑。我只是順勢推助一把而已，不算什麼，千萬別掛在心上。」

三人又聚了一天，第二天早上選了好日子出行，把轎子馬車都僱好了，十娘就派人帶消息給謝月朗，所以他們出行的那一天，所有姊妹們都出門送行。

謝月朗說：「姊姊跟隨郎君遠行千里，想到你們旅費不充足，我們都放心不下，今天姊妹們合送了一點小禮，姊姊妳點收起來，要是半路有什麼需要，多少有點幫助。」

說完，叫人抬了一個畫了金線的箱子上來，那箱子看起來，鎖得非常牢固，不曉得裡面是什麼東西。十娘沒打開來看，也沒推辭，只是殷切地道謝。沒多久馬車來了，一行人和柳遇春同敬二人三杯酒，在崇文門外和他們告別。

李甲和杜十娘在潞河轉走水路，李甲包了差使船的艙房，一路南行，一下差使船，李甲已經把錢用完了。

「怎麼這麼快用完了呢？」杜十娘不解，那二十兩，是足夠讓兩人回到江南的旅費啊！

「我先回當舖把衣物贖回，然後又買行李，剩下的就只夠車馬費了。」李甲無辜地說。

本來以爲二十兩夠用，誰知道二十兩贖回幾件衣服，又買些日用品就沒了。十娘看了一下身邊所有的物品，樣樣講究！這公子哥兒，難道不知道現在和以前不一樣了嗎？要怎麼讓他懂得如何支使錢呢？她心裡感嘆著。

「沒關係，我不是怪你，別煩惱了，我想姊妹們送的東西，一定對我們有幫助的。」她拿出鑰匙，打開箱子，從箱子裡拿出一個絹袋，又把箱子鎖上，也沒告訴李甲箱子裡面是什麼。

十娘把絹袋拋到桌子上說：「夫君可以打開來看看。」

李甲拿起絹袋，覺得沈重，打開來看，裡面都是白銀，整整五十兩。

十娘對李甲說：「夫君，承蒙我那些姊妹們好情意，有這五十兩，不僅路上不用擔心，還夠我們到達江南以後，遊山玩水一陣子呢！」

十娘把錢的明確用途和期限明說了，希望能夠讓李甲學會如何用錢（註11）。

李甲又驚又喜說：「如果不是遇到妳，我李甲恐怕要流落他鄉，死無葬身之地了，妳對我的情意和恩德，到死我都不敢忘。恩卿！」

以後每次講到這件事，李甲都會感激得痛哭，杜十娘則每每給予體貼的安慰。

沒多久，到了瓜洲，要從大船換小船，李甲僱好了船，把行李安置好，和船東約好第二天過江。

那時正是十月中旬，月明如水，李甲和十娘坐在船頭。

李甲大大地嘆一口氣，「自從離開北京，每天都趕路，要不，就困在船艙裡，礙於旁人，都不能暢所欲言。現在只有我們兩個在這船上，不用顧忌別人，而且我們已經離開塞北，就快要到達江南了，實在應該好好喝一杯來慶祝，去除一路上的鬱悶之氣。恩卿，妳同意嗎？」

杜十娘同意地說：「我也很久沒有放鬆心情了，就讓我陪夫君好好喝一杯

吧！」

於是兩人帶著酒具到船頭飲酒對談，談得高興，李甲說：「好久沒聽恩卿美妙的歌聲了，我第一次見面，就被妳的歌聲迷得神魂顛倒，這一陣子我們經歷了那麼多事，許久都沒心情作樂，現下江清月明，四下無人，妳肯為我唱一首歌嗎？」

十娘帶著微醺，欣然地點頭，於是取扇打拍，悠悠地唱著小桃紅這曲調。

11

欲望其實是支持人努力奮鬥的力量，但如果不能駕馭這股力量，欲望也足以毀滅一個人，而成功的人即是可以成功地支配自己的欲望，相反的被欲望支配的人，不能倖免於失敗。

金錢的支配，事實上也代表著一個人，對於欲望的支配，一個人如果不能合理地支配金錢，反過來就會被金錢支配。所以學習理性地支配金錢，是非常重要的一件事情，因為一個人能用錢用得合理，代表他能節制欲望，反觀一個花錢不能自制的人，同樣的他無法管理自己的欲望。這是為什麼杜十娘希望李甲學會用錢的原因。

我們如何學習理性地支配金錢呢？從很簡單的自我約束開始，例如：學生上課想和同學說話，忍住，因為上課不該說話；買很多喜歡吃的東西，放在冰箱裡，告訴自己要吃多久，當後依計畫去做。久而久之，自我約束就不是一件困難的事，支配金錢也不是困難的事，事實上一個人的一生，如果在金錢的支配上面沒有問題，通常在物質上不會有太多的苦頭吃。一個人能不被自己的欲望所支配，在精神上，也不會有什麼苦頭吃。沒有物質和精神上的困擾，這就是幸福了。

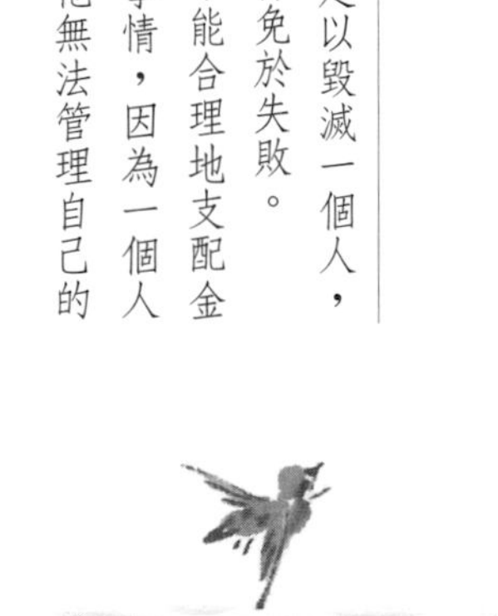

十娘的曲藝名冠北京，自是非常動聽。聽得隔壁船的一個年輕人，也被吸引。這人叫孫富，是徽州新安人，家裡在揚州做的是鹽田的生意，非常有錢。這時他才二十歲，也以納粟入監的方式，進入南京的太學讀書。

這人也是個浪蕩子，對於風月場所非常熟悉，事出偶然，他正好也在瓜洲渡口停泊，一個人無聊地在喝酒，聽見杜十娘的歌聲，覺得鳳吟鸞吹，也不足以形容那種美妙，於是他立在船頭仔細聽了半晌，才知道原來是隔壁船裡的人唱的。正想到隔壁去問，聲音就停了，所以他立刻派人去打聽。只曉得是李公子的船，不知道唱歌的是什麼人。

孫富心想，能唱出這種風情，絕不會是良家婦女，要怎樣才能見她一面呢？這自命風流的傢伙，就爲了想這個問題，一夜睡不著，一直捱到五更天，突然江面吹起大風，天亮時，天邊紅雲密佈，空中狂雪飛旋。

這突如其來的風雪，阻礙了所有船隻渡江的行程，孫富要船家把船移得更靠近李甲的船，然後戴著他的貂皮帽，披著他的狐裘，推開窗戶假裝看雪。正好杜十娘早上梳洗完畢，纖纖玉手揭起舟旁的短簾，潑出臉盆裡面的剩水，半邊的芙蓉面，讓孫富給窺見了。果然是國色天香，看得他神魂搖蕩，立刻迎眸注視，等著再看一眼，卻始終杳然不見倩影。

於是他開始動起腦子。想定主意後，他倚在窗邊，吟起高學士梅花詩裡面的兩句：「雪滿山中高士臥，月明林下美人來。」

李甲聽到鄰船有人吟詩，好奇起探出頭，正中孫富計策，本來就是要引他出面，好藉機攀談的。

於是他連忙舉手問：「兄台尊姓大名？」

李甲回應，也客氣地反問他，他也回答了。

孫富聽李甲是北京太學生，就說自己也是太學生，於是從太學裡面的生活搭起話題，漸漸的熟絡了。

孫富說：「風雪那麼大，今天是不可能渡江了，難得我們見面投緣，困在船上也無聊，不如上岸去找間酒店，好好的敘敘，希望您不要拒絕才好。」

李甲客氣地推辭：「萍水相逢，怎麼好打擾呢？」

「咦！這樣說就太見外了，四海之內皆兄弟啊！」孫富要船家把跳板探到李甲船上，讓書童打傘過去把李甲接過來。

兩人在船頭行禮後，孫富熱情地拉著李甲跳上岸。走不了幾步路，就有一座酒樓，二人上樓，找個靠窗的乾淨位子坐下，叫了酒菜，一邊喝酒，一邊賞雪。

孫富別有心機地主導話題，李甲則毫無心眼地閒聊著，說著、說著，孫富就把話題帶到風花雪月上頭。

兩人對風月場所都不陌生，從酒菜特色到姑娘藝能，無一不談。

「說到曲藝，昨天晚上在您船上唱歌的姑娘，是什麼人？」孫富很自然地問起。

李甲虛榮地想賣弄自己的能耐，毫不避諱地說：「是北京第一名姬杜十娘！」

孫富眼睛一亮，探近頭，低聲問：「既然是風月場中的名女人？怎會跟您到這兒呢？」

沒心機的李甲，一五一十的把事情告訴他。

孫富聽了之後說：「兄台能帶著美人回家，實在是件快意的事，可不知您家裡能不能接受呢？」

李甲嘆口氣：「內人是沒問題，擔心的是我爹，他的個性向來嚴肅，還得花一點心思說服才行。」

孫富挑挑眉，別有用心地問：「那麼想必令尊大人一定不會接受了，那兄台帶著美人，將要怎麼安頓她呢？您可曾和美人商量過這件事？」

李甲皺起眉頭。「我們商量過。」

孫富故作爲他歡喜的表情說：「您心愛的她，一定有好的對應方案囉！」

「她說先找個風景優美的地方住下，叫我先回家，找親戚回家裡說情，等爹不氣了，再把她接回去。您覺得這主意如何？」李甲老實的回答。雖然十娘提出的意見不錯，但他眞沒把握說服得了父親。

孫富半天不說話，還故意表現出沈重的臉色說：「我們今天才認識，交淺言深，我怕您會怪我！」

李甲單純的以爲他有所顧忌，立刻接口：「我正希望得到高明的指點，又怎會怪罪呢？」

孫富這才鬆口：「想想看喔！您父親位居一省大員，以他那麼高的地位，必須相當注意家庭門風才行。平時他就怪您不該去傷風敗俗的地方了，今天他怎容得下您娶個不清不白的女人回家呢？何況您的親戚朋友們，哪個不是迎合您父親的意思？您只是白白去求人家罷了，人家一定拒絕的，就算有那麼一個兩個不識時務的人肯去，要是看您父親動怒了，不立刻改變立場才怪呢！」

孫富時時刻刻觀察著李甲的表情，從他表情裡，知道自己說對了，再接再厲地說：「這樣的話，您進不能得到父親的諒解，讓家庭和睦，退又不能對佳人有所交代，總不能一輩子在外面遊山玩水吧！萬一沒錢了，不就走投無路嗎？」

最後，孫富完全說中李甲的心事，他手上的五十兩，已經用去一大半了，說到沒錢會進退兩難，他是完全認同的。又想起當初借不到錢的情景，就越覺得孫富說得對。親戚們怕父親怪罪，連借旅費都不肯了，怎會有人肯替他說情呢？

沒錢，他眞的會走投無路的。

見李甲眼中的慌亂，孫富心中暗喜。

他把誠懇滿堆在臉上：「小弟有幾句眞心話，不知您願不願意接受。」

沒心眼的李甲感激地說：「承蒙兄長厚愛，還請不要保留！」

孫富故作猶豫：「算了，疏不間親，還是不要說好了。」

「直說吧！有什麼關係呢？」李甲更想知道他要說什麼。

「自古以來，人們都說，女人像水一樣，難以捉摸，何況是那些風塵女子，少眞多假。她既然是名妓，想必相識滿天下，說不定她在南方本就有相好的人，只是利用您帶她來，其實她心裡打算另嫁別人。」孫富挑撥道。

李甲雖然沒什麼主見，可對杜十娘倒是有信心，他肯定的說：「不會的。」

孫富察言觀色，馬上見風轉舵，「就算不是這個樣子，可是江南子弟是最功於薄的，您放她一個人在外獨居，自己回家，難保她不被別人勾引了；可若要帶她一起回去，只會更激怒令尊大人，我左想右想，也沒辦法替您想出萬全之計呢！」

停下來，喝口茶，故意惹李甲心急，孫富才再度開口：「再說父子天倫，是不可以斷絕的，如果今天爲了一個女人，觸怒父親；爲了個妓女，拋棄家庭。全天下的人，都會認定您是浪蕩不正經的人，改天做妻子的不把您放在眼裡，做弟弟的不認您這個哥哥，您的朋友也看不起您，您要怎麼生存在這個世間呢？李兄啊！您不能不好好的想想，這嚴重的後果啊！」

李甲聽得心裡一片茫然，孫富說的全是事實，在北京時，他沒想那麼多，從小到大，家境富裕，他從沒自己賺過錢，也沒缺錢用過。直到錢用光了，他才知道原來沒錢是這麼苦的事，如果父親不原諒自己，如果自己得不到家庭的接受，他連自己都沒辦法養活。

當初十娘說要借錢，他就去借錢，不意想借到了錢，自然就替十娘贖身了。這一路，上車換船的，他只能被每天的行程推著走，走一步算一步，但這樣能走多久？不會每次沒錢，都有人送錢上門的。這的確是個嚴重的問題。

他頓時依賴起孫富，急切問道：「那我該怎麼辦呢？」

孫富欲言又止地說：「我是想到了一個辦法，對您而言非常可行，就怕您無法割捨枕邊歡愛，說了也是白說。」

李甲熱切地說：「如果您眞的有好方法，可以讓我重得家庭溫暖，就是我的大恩人，我會大大感激，您直說無妨！」

此時，李甲光想到自己失去家庭支持的嚴重性，就顧不了其他了。所以他只急著想知道，如何讓自己重新被家人所接受。

孫富分析道：「兄台在外流浪一年多，家中嚴親心中惱怒，以致家中失和，換作是我，同樣會吃睡不得的。可是令尊大人氣的是什麼呢？不外您迷戀煙花女子，揮金如土的行爲啊！怕往後家產交到您手上，被您敗掉啊！今天您若空手回去，正說明了他的疑慮是正確的，您不堪繼承家業。

如果您肯割捨情愛，把握機會，我願送您千兩銀子，您帶著這些錢回家，說您確實在學館裡好好讀書，並沒有花天酒地，他老人家一定相信的。這樣不就家庭和樂，再沒隔閡了嗎？您瞧，一下子就轉禍爲福了。兄台您可要想清楚啊！我絕對不是爲了貪圖佳人的美色哦！純粹是從您的角度，想替您解決問題的！」末後孫富再三聲明自己動機純良。

這沒主見又沒擔當的李甲，此時一心想著，如何解脫不被家裡接受的困境，聽孫富這麼一說，覺得頭頭是道，於是起身感謝道：「聽兄台這番話，讓我茅塞頓開，只是小妾千里隨我而來，在道義上我不能說放就放，容我回去跟她商量商量，讓她同意才作回復。」

孫富點點頭，叮嚀道：「回去要好好跟她說，她若是眞的愛您，就會爲您著想，絕不會忍心要您父子斷繼關係，定然樂意成全您回歸家庭的心願。」

這壞心的孫富，言下之意是暗示李甲，若杜十娘不答應，就不是眞的愛他，不肯爲他著想，犯不著爲她弄得父子失和。

二人又喝了一會兒的酒，直到風雪停了，天色也晚了，孫富讓家僮算了酒錢，和公子一起回到各自的船上。說書人感歎地說：

逢人且說三分話，未可全拋一片心。

第十二章

怒沉百寶箱

杜十娘在船上也擺了酒菜，卻沒料想李甲一出去，就是一整天，一直等到點燈時分，才看見李甲回來。

她連忙上前迎接，只是李甲臉色沈重，好像不太開心的樣子，十娘替他倒了酒，勸他喝些，他也不喝，就坐在那邊不說一句話，後來索性倒頭就睡。

杜十娘心裡雖然不高興，仍沈著性子，收拾起杯盤，並替他把外衣解了，鞋子脫了，幫他把枕頭調好。

見他躺得安穩，這才溫柔地詢問：「夫君整晚悶悶不樂的，是在外面發生什麼事了嗎？」

李甲看了看她，嘆了口氣，並沒說什麼。十娘不放心，問了三四次。

他起先裝睡，後來就眞的睡著了。爲此，十娘心裡感到不安，放心不下所以睡不著覺，一個人坐在床邊擔心著。他是個藏不住心事的人，會有這樣的舉動，絕對有事，他越是不肯面對的事，通常就不是什麼好事。所以她很不安。

到子半夜，李甲醒了，又嘆一口氣。

十娘關心地問：「夫君到底有什麼事說不出口，要這樣頻頻嘆氣呢？」

李甲坐了起來，抱著棉被，幾次欲言又止的，卻開不了口，最後，眼淚噗簌簌地掉了下來。

杜十娘將他擁在懷中，溫柔地安慰著：「我和夫君有著近兩年的感情，我們是歷盡千辛萬苦，克服許多艱難才有今天的。這些日子以來，一路奔波，都沒見你這麼難過，今天就要渡河了，恩愛穩定的生活就在江南等著我們，爲什麼你反而如此悲傷呢？夫妻之間，本該同生共死，有什麼事，儘管和我商量，千萬別瞞著我啊！」

李甲還是不肯說，杜十娘則婉轉相勸，逼不得已，他才開口。

話沒說出口，他又流淚了。「我落魄天涯時，蒙妳不棄，願意委屈跟隨，對我來說，這實在是天大的恩德。可是我左思右想，爹是一方首長，受禮法約束，個性又嚴肅，回去的話，他一定很生氣，必然把我們趕出家門，到時候，我們要流浪到何時呢？連生活都沒著落的話，我們又怎能夫妻恩愛呢？最後落得夫妻不保，父子關係又沒了，可怎麼辦好呢？白天蒙新安的好友孫富，替我想了一個好方法，可這個辦法又讓我心如刀割。」

聽到這話，一向沈著的杜十娘，不免心中大感驚慌。

她沈靜地問：「你打算怎麼做？」

「我是當事人，無法客觀處理，所以孫富幫我想了一個很好的方法，就怕恩卿妳，不肯答應。」李甲抬頭，瞄了十娘一眼。

十娘輕咬著唇角，沈住氣答：「這姓孫的朋友，是什麼樣的人？如果他想的是辦法可行，我怎會不答應呢？」

李甲暗鬆口氣。「他是新安的鹽商，年少風雅，昨晚他聽見了妳的歌聲！所以問起妳的來歷，我就把我們的事告訴他，他跟我談到我們現在有家歸不得的處境，所以他想用一千兩來娶妳，這樣，我有了一千兩，就有理由回去見父母，而妳也有人可依靠不是嗎？只是想到我們近兩年的感情，我捨不得，所以難過。」

說完他淚如雨下。

完了！十娘心中轡地了這巨大的聲響！終究！他的軟弱、他的單純成了他們倆的未來，最致命的殺手。

她放開兩手，冷笑了一聲。「替夫君想得出這樣計策的人，眞不愧是大英雄啊！這樣很好啊！夫君你千兩的錢財能夠重得，而我也得到了一個姓氏，不致於拖累你，確實是發乎情、止乎禮，兩相得利的好計策！那錢呢？千兩銀子在哪裡？」

十娘每句話都是反話，每句話都是暗示，就只盼這單純的官家公子能夠聽懂，不上奸商惡當。

李甲一心只想著，取回安穩的家庭保護，聽十娘說這是好計策，高興地止住淚水說：「沒得恩卿妳的同意，我沒跟他成交。」

十娘心痛如絞，原來自己讓這千挑萬選才相中的夫婿給賣了。她忍下心痛。「明早你趕快去答應他，別錯過了這個好機會，不過事關千兩銀子，我要親眼看見錢交到夫君手上，才肯過他的船。夫君你要小心，千萬不要讓不肖的商人給騙了。」十娘還抱一線希望，希望他聽得出重點來。

當時已經是四更天，十娘忍著悲憤上粧，她刻意打扮，將自己最完美的姿態呈現出來，她吞下欲流的淚水，自我消遣道：「今天的粧不是普通的粧，是迎新送舊的生命彩粧。」

她拿出自己最華麗的衣裳，最貴重的首飾，把自己整治得風華絕代、艷光照人。她香風拂拂走出艙房，奪去了李甲全部的注意。十娘的美是他所熟悉的，但眼前光采照人的她，卻又是如此陌生。

這時天色已亮，孫富的家僮到船頭來等候消息。十娘瞄了李甲一眼，看看他的反應，讓她失望的是他似乎沒有後悔，反而面有喜色。

至此，她告訴自己，該死心了。

「趕快去把錢拿到手吧！別讓人反悔了。」她故作輕鬆地催促著。

李甲親自到孫富的船上告知他，十娘答應的消息。

孫富世故地要求：「要給錢容易，可我要得到保證，必須有美人的首飾作憑信才行。」

李甲又回去回覆十娘。雖然告訴自己，死了心吧！但每一刻十娘都無法自已地期待著，期待這糊塗蟲能清醒。只要他後悔，她就能夠說服自己原諒他，只要他猶豫，她就能夠鼓起勇氣再給一次機會，但她始終是落空的。

她指著描金文具說：「抬過去吧！」

孫富高興地把一千兩送到李甲船上，十娘親自兌秤，她一直盼望他能及時清醒，可他沒有。直到確定錢數正確無誤！十娘終於徹底絕望了。

她一手把在船舷上，一手招來孫富，孫富被這一招，立時魂不附體地走近。

十娘風情萬種地嬌聲道：「我忘了，剛剛那箱子裡，有李公子的通行證，拿過來一下好嗎？那該還給他的。」

孫富認爲十娘已是甕中之鱉了，也不怕其中有詐，立刻叫人把箱子抬過來。

杜十娘從懷中拿出鑰匙，打開鎖，掀開兩扇箱門，裡面全是一格格的抽屜。

「麻煩李公子自己打開抽屜！」抽屜一開，裡面全是翠羽明璫，瑤簪寶珥，滿滿的一箱！大概值幾百兩。

「哦！不在這格裡，這全是沒用的東西！」十娘把抽屜拿起來，隻手一扔，裡面的東西全丟進江水裡。

李甲和孫富及從人，都嚇了一跳。

「大概在下一格吧！麻煩一下。」十娘一臉認真的說。

李甲被十娘的氣勢嚇著了，傻傻地照做。這格抽屜裡，全是玉簫金管。

「不是這格，再麻煩了！」

再抽出的是古玉、紫金玩器，這幾格粗略算來，值幾千兩呢！

十娘一口氣，全部把它們丟到水裡。

這時岸上已經很多人圍觀了，眾人只見船上，一個天仙般華貴的美麗女子，將些貴重的寶物丟到江裡，每個人都心疼地喊著可惜！可惜！

杜十娘又命令道：「最後一格。」

最後一格抽出來，裡面還有一個小匣子，匣子打開，裡面有一整把的夜明珠，還有珍貴的祖母綠、貓兒眼等一般人難以親見的寶貝。這些寶物的價錢，就難以估算了。

大家看得大開眼界，高聲歡呼：稀有、罕見！弄得江邊喝采聲、驚叫聲綿延不絕。

十娘又想把它丟入江中，李甲已是淚流滿面。

他後悔地痛哭失聲，抱住十娘：「我錯了！對不起！我錯了！妳不要生氣了！

我知道錯了！娘子！別再丟了！我知錯了。」

孫富也知道自己惹了不該惹的女子，連忙在旁邊勸道：「是啊！弟妹，事情過去了，別動怒啊！」

杜十娘一把推開李甲，凌厲的鳳眼怒瞪孫富：「我和他，備受艱苦，好不容易才有在一起的機會。你心懷不軌，見色起意，花言巧語地破壞我們的感情，斷送我們的姻緣，你是我的仇人！我若死後有知，一定把你的惡行向神明控訴，你還妄想我會和你同床共枕！」

長吸一口氣，她看著李甲，滿眼複雜情緒：「我在風塵這些年頭，存了一些錢，本來就是爲將來作準備的。自從遇到你，你對我山盟海誓，說要一起到老，所以要離開北京的時候，我假託姊妹們送我禮物。這箱子裡藏著各種寶物，價值不下於萬兩，我是打算讓你帶回家見父母，讓他們看看我的誠意。或許他們會可憐我的用心，願意接納我，讓我成爲你家的一分子，那麼我一生唯一的願望就能夠實現了！

哪裡知道你對我的感情，就只是這樣而已！半路冒出來的路人甲，隨便幾句話，就可以讓你中途把我拋棄！你啊你！辜負了我對你的一片眞心！

今天當著大家面前，打開這箱子給你看！讓你知道人生在世，最難的不是沒有錢！而是沒有眼光！我箱子裡面藏著美玉，你眼裡卻沒有眼珠！你李甲看不出我杜十娘，眞正的美在於對你的一片眞心，我杜十娘看不出你李甲對我的感情，居然那麼膚淺！

怪我自己命不好！從小沒人要，淪落風塵，才剛脫離，又半路被拋棄！在場的眾人啊！今天的一切，你們親眼所見，也親耳所聽，請你們一起爲我見證，今生我杜十娘，走到這個地步，我，沒有辜負你李甲，是李甲你，辜負了我！」

眾人聽了，都流下同情的淚水，紛紛責怪李甲太無情。

李甲又慚愧，又後悔，哭著跟杜十娘道歉！

杜十娘，抱著手中的木匣，一躍跳入江中，眾人連忙搶救。只是當時江水波濤洶湧，才一下就失去十娘的蹤影，可惜這麼一個如花似玉的一代名姬，就這樣葬身江底。

旁觀的人撈不到人，都咬牙切齒地想跳上船打李甲和孫富。

兩人立刻嚇得叫船家開船，逃離現場。

李甲獨自在船上看著手上的千兩銀子，想到近兩年來十娘的種種善待，既難過又後悔，最後得了憂鬱症，一輩子沒好。而孫富呢？他那天受了驚嚇，回到家之後，就病倒了，他總說整天都看見杜十娘在罵他，沒多久就死了。知情的人都說這是他壞心眼的報應。

一年多後，柳遇春完成太學規定的三年學業，準備回家鄉，也在瓜舟渡口停留。他早起到外面散步，見江水清澈，於是拿了臉盆想打水洗臉，可是他的銅盆才一入水，就飄走了，於是他央請在水邊捕魚的漁夫打撈。

過了一會兒，漁夫從水底撈起他的銅盆，裡面放著一個匣子。

他打開一看，裡面全是明珠寶石。相當珍貴，他給了漁夫可觀的打撈費用，把寶匣帶回去玩賞著。

那天晚上，他做了一個夢，夢見江面上，一位美麗的女子踏著波浪而來，仔細一看，是杜十娘。

她有禮地上前屈膝行禮，告訴他，她和李甲，沒有結果。

「過去，承蒙您好心，以一百五十兩幫我，本來我打算等我們安定下來，再找機會報答您，沒想到我和他沒有結果。雖然這樣，每次想到您的盛情，總是難以忘懷，所以早上請漁夫送上小匣子給您，那是我一點心意，從今以後不再相見了，謝謝您，柳公子。」說完，她深深一拜，就消失了。

柳遇春猛然驚醒。才知道，十娘已經不在人世了。

他深嘆一口氣。「可憐！難得她一個風塵女，如此眞情，卻連想過正常人的生活，都不能如願！」

後人評論起這件事，都說，孫富好色，是個爛人；李甲不懂杜十娘的苦心，是個笨蛋。只有杜十娘，講情講義，是個千古俠女，卻連想找個人共度一生都不能如願，錯認了李甲，就像明珠美玉，放到瞎子手中一樣。以致恩變爲仇，萬種恩情都化爲流水，實在可惜。所以有人爲此寫詩說：

不會風流莫妄談，單單情字費人參。
若將情字能參透。喚作風流亦不慚。（註12）

12 把「情」字從造字原則拆開來看看，從心，從青。情當然和心有關啦，情感是心理活動的一種嘛！為什麼從青呢？原來青是聲符，同時也是意義來源哦。現在我們把幾個字找來一起看看他們的意思，晴、精、倩、菁、情，發現了嗎？天氣好叫晴，米好是精，草長得漂亮是菁，人長得美叫倩，有青的字都有美、好的意思。所以情是什麼？發自內心裡面最美的、最好的意念活動才叫作情。

情字其實不難拆是吧！可是情字卻難猜。為什麼呢？因為我們的心不是只有美好的活動，我們的心有各種層面，若不懂得把不好的層面飾檢一番，很多人把原始的情緒當作情，就會產生很多災難。所以情字我們再衍生一下它的意思，什麼是好的、美的意念活動呢？

要回答之前，我們再來看看「愛」這個字，把「𤔡」這個字拆開來，是「㤅」字加一個「夊」字，就是行惠的意思，也就是對人的善意能夠走得遠的意思，現代人寫得比較簡化，易寫成愛是一顆心放在受的中間，所以說真正的愛是用心接受，用心接受什麼呢？用心接受你所愛的對象。人不會十全十美，我不能說我愛你的才華，可我不愛你的脾氣，你得改一改我才跟你在一起。這是交易，這不是愛，難道人跟人之間不能講這樣的交易嗎？並非不行，只是我們要清楚地知道，交易歸交易，愛歸愛，不要以愛之名行交易之實，最後交易失敗卻歸諸於愛情失敗。愛的意思是接受，知道他有缺點，但是尊重他的生命自主性，所以真心的接受他的全部。

而什麼叫真心接受呢？我們再來看看「受」這個字，「受」的小篆是上面一隻手朝下，下面一隻手朝上，中間一個東西，上面那隻手代表有人拿出，下面那隻手代表有人接下。所以愛情是有一個人捧出他最真誠美好的心，而另一個接下了這顆真誠美好的心。如果你捧出心來，人家不接受呢？那麼你能接受對方的不接受，這時你的心一定會很痛，要是這樣的痛你都肯接受，這才是真正的愛，這才是發自內心美好的情。

關於愛情，有時候，會像在心上刺青那麼痛。如果你能夠忍受在心上刺青的痛，把心裡面所有自私的念頭留下，還願意把最好的心念傳遞給對方，那麼你就參透了情字，這時你就懂得怎麼經營真正的愛情了。你的愛情就會像刺青一樣成為永恆的美麗。

尾聲

「情字害人啊！」小玉和桂英齊聲感慨。

「桂英，杜十娘也因為是自殺的，所以要一直在那裡丟珠寶嗎？可是，我寫完她的故事了，她怎麼還在丟呢！」我對情是沒那麼深的感慨啦，只是寫了半天沒效果，很沒成就感耶。

「就說妳這丫頭沒耐心，總要讓她把進行一半的動作完成吧！」青鳥又跳出來啄我了。

果然，杜十娘不丟了，她從江邊盈盈走來。

「我不出來，不是因為自殺，而是出來了沒事做，想到不堪的過去，想到不管我怎麼努力，仍無法擺脫不由自主的命運，會難過。與其難過，我寧願不停地丟珠寶。」不愧是杜十娘，每個動作都有她的深意。

青鳥聽到這理由，差點摔下來。

我就說嘛！一定是他之前辦事不利，不然這三個人都挺好溝通的，怎會千百年來勸不出來呢！

「那麼跟我們一起去找情石吧！一路上我有好多問題要問妳們，我們不會無聊，也不會沒事做。」這下，我可以挖出好多一手資料了。

「好啊！」果然如我所料，杜十娘答應了。

我首先走出茅屋，可四處找不到小張，對了我在做夢嘛！沒有小張自己也知道去哪找情石才對。所以我們隨意地順著茅屋前的小徑走去。

這茅屋周邊，倒是挺美的，涼風吹來非常舒服，那叮叮噹噹的不明聲響，有如樂音。

「十娘！我問妳一個問題哦！爲什麼李甲和柳遇春兩個人，妳不選柳遇春從良，卻要選李甲呢？妳看柳遇春的名字，名遇春，字榮卿，明明就暗示了，他是妳的貴人啊！妓女總自慚地說自己是殘花敗柳，可就算是敗柳，一遇到春天，就有生機，就會欣欣向榮啊！而事實上也證明，他知道妳是個眞心用情的女人，就不把妳當妓女看了，如果妳最早的時候選定他，就算他剛開始沒那個心，可妳用眞情一定可以打動他的。」我走一走，想到了這個問題，於是回頭問杜十娘。

杜十娘突然踉蹌了一步，跌倒在地上，嚇得我們連忙扶起她。

「別緊張，沒關係。」她很快自己站起來，看看自己的手，訝異地發現，手上順勢抓到了一顆綠色的石頭。

她仔細地看著石頭，表情顯得平和自在。緩緩的她流下了淚，那是我第一次看見別人流淚，心裡不會跟著泛酸。

「言姑娘、小玉、桂英，情石，這就是情石！眞的有情石！」十娘開心地拿給我們每一個人看。

我連忙拿過來看，很亮的一塊綠色石頭，不過拿在手上，就有一種充滿希望的感覺。「好奇怪哦！」

我遞給桂英，桂英接了又給小玉。

「我覺得不再難過了，不再傷悲，也不氣李甲、不恨孫富了。」杜十娘的口氣非常輕快，「言姑娘，謝謝妳問我這個問題。我知道自己的問題在哪裡了。」

「啊？」除了十娘和青鳥，我們其他人都不懂。

「當初我以最美的裝扮，在眾人面前帶著寶匣投江，是認爲自己會那麼可憐，是因爲沒有家人保護的關係，可我要讓大家看到，我比世上任何人都要好，只差我沒有一個家，才落得那麼悽慘的下場。

所以我是那麼地渴望自己有個家，有了家，就可以補我畢生缺憾了。妳問我爲什麼不選柳遇春而選李甲，那麼我老實告訴妳，因爲柳遇春有能力、有主見，以後他一定很有成就，那麼有成就的人，社會的期待會更高，我的出身會成爲別人攻擊他的把柄，我們的家會不停受到攻擊。

李甲不會有什麼成就，只要他學會怎麼用錢，憑我所擁有的財富，我們可以過著不被注意，但是一世安穩的日子。其實，我只想有個家，所以我選他從良。現在我懂了，即使只是小人物的生活，也是不停地變化的，光一個人有能力不夠，能夠跟我建立起一個家的人，一定是和我旗鼓相當的人。我只是想錯了事，看錯了人，造成了失敗，不是有個無論怎麼努力，也無法擁有家庭的宿命！」

說完，十娘好像變了個人似的，整個人充滿喜悅和活力，然後她隨著一道綠光消失。消失前還快樂地跟我們揮手。

接著，茅屋南方角落的沖天寶氣也消失。

這表示，困住杜十娘生命的寶海塡平了。

「我還是不懂，爲什麼想通這件事，對她有那麼大的改變？」我不解地問停在小玉肩上的青鳥。

青鳥說：「別人懂不懂，不重要，生命的關卡，自己想通了，就通了。」

這好玄哦！不過反正這是夢，誰要來誰要走，也不必認眞，消失就消失吧！對我來說，至少十娘喜悅的容顏，看了感覺很好。

「桂英，妳呢？也是想要一個家，所以到陰曹地府也要他跟妳結婚嗎？」

桂英想了想說：「不是吧！其實，我只想要一個公道，他說了，就該做到。只是我不明白，爲何討了公道，仍不能平息心中的恨！」

「妳爲什麼會鼓勵王魁去考試？」

桂英走近一塊石頭，坐了下來。「爲什麼不勸他去考？他有才華，而且又能夠考試，當然要勸他去啊！沒當官怎麼展現自己的能力呢？」

桂英反問我。

「如果妳是男子，妳就自己去考，自己當官，而且言出必行是嗎？」

桂英突然伸手拍了一下她坐著的石頭，石頭被她一拍，落了一小塊下來，桂英信手撿起來，驚呼道：「好漂亮哦！」

她手上拿著一塊方形的白色石頭，她又撥撥腿下的石頭，果然蓋在青苔下的部分是白的。

「我明白了！我知道爲什麼我報了仇，仍舊無法釋懷了。」桂英的臉上也是充滿喜悅的。

「爲什麼？」小玉和我齊聲問道。

「因爲我在乎的公義，不是以牙還牙能夠要回的。原來對我而言，眞正不公義的是男女之別。王魁那負心無義的人，身爲男人，有才華，科考考上了就可當官。而我身爲女子，有才華反而成爲妓女，得迂迴地幫男人取得功名，才能有所成就，這才是天大的不公！這不平才是讓我全然絕望的原因，我懂了！我眞懂了！」她的表情，好像是突然擁有了力量和勇氣一樣。

聽到這些話，我心裡反而慌亂，這無解啊！即使身爲二十一世紀新時代女性的我，都還在承受某些程度的這種不公義。桂英的血海怎麼平得了？

就在桂英開心地跳著說她懂了的同時，她也隨著一道白光消失了，在白光裡，她是那麼朝氣蓬勃地和我們揮手告別。白光飛向茅屋角落，那邊漫天的血光也消失了。

我又留下疑惑了，這不公義又沒解決，爲何桂英不受影響了？不過我知道，桂英也找到了她生命的出口了。雖然我很好奇地想知道那是什麼。可生命的奧妙就在這裡，既開放又獨立。當別人的生命和我交會時，可以經過互動，了解自己和別人的生命。當這交會的時間結束後，就算想盡辦法，也無法窺探。

「妳懂桂英的意思嗎？小玉？」我還是好奇，我想，古人的想法可能比較接近！也許小玉能爲我解惑，所以我問小玉。

「好像是放掉了仇恨吧！雖然復仇成功了，可還是不甘心，所以她無法跳脫自殺的情境。現在明白，她不是恨王魁恨到非殺他復仇才甘休，所以她自由了。不過，我不曉得她是不是這樣想的。」小玉不確定的說。

我想了想，發現這個說法挺好的，她放掉仇恨，所以她的生命自由了。

現在剩下我和小玉還有青鳥了。我們又轉進了一條小路，順著小路直走看見了一座透明的屋子。屋裡面有張圓桌，幾個古代男人圍在那兒，唉聲嘆息著。

小玉輕聲地驚呼了一聲：「是他！」

我好奇地看看那些古人。「誰啊？」

「一掛負心漢！」青鳥好心地爲我解惑。「李益、王魁、李甲，外帶壞心的孫富。」

「啊？他們爲什麼在那個透明的屋子裡？」

「那屋子是他們的良心啊！妳以爲負心漢和壞人就沒有良心嗎？他們也是有的，只是在面對困難的時候，良心作用失敗，才會做出傷害人的事，如果他們沒有良心，就不會瘋了，現在他們的私心一直跟良心交戰。」青鳥解釋道。

「哦！好好玩哦！死後世界好奇妙哦，負心漢和壞人死掉以後，什麼隱私也沒有。」好像動物園裡的企鵝哦！「我們到他們屋子前，坐下來，看看他們怎麼交戰好嗎？」我提議道。

小玉並沒反對，所以我們在屋前各自挑塊乾淨的地方坐。

「我知道那樣對待小玉是不對的，可是身爲一個男人，我能怎麼辦？可以爲了一個女人，讓世人終生議論嗎？可以爲了一個女人，不要含辛茹苦養我的母親嗎？可以爲了一個女人，放下自己的雄心壯志嗎？可以爲了一個女人不要朋友兄弟的敬重嗎？可以爲了一個女人，不顧遠大前程嗎？如果這樣，還是男人嗎？所以狠心辜負一個女人，要比放掉那麼多重要的事容易些。」李益說得沮喪。

「是啊！」王魁點點頭。「女人們怎麼知道男人的世界，不是只顧閨中恩愛就好了。進了家門，男人爲人子、爲人夫、爲人父、爲人兄，樣樣得兼顧啊！出了家門爲了生計，爲人臣、爲人屬、爲人奴、事事需委屈。遇個知情識趣的女人，把她寵上天，是想討她歡心，也順便成全自己縱情之心嘛，只是後來做不到，怎能說是存心欺騙，我發誓的當口，並非心存欺騙，可回到現實，才發現情境不允嘛！」原來他也有苦衷呢！

「沒錯啊！如果十娘早告訴我，她有那麼多錢，我根本不必擔心自己沒有能力自立更生嘛！我沒能力謀生是個事實啊！知道這樣的事實，怎麼可能不找活路呢？她只是要從良，嫁孫富也可以從良啊！」李甲也覺得自己委屈。

「沒錯！妓女本來就是任人擺弄的嘛！我有錢，買得起她，擁有她的人也願意賣我，這銀貨兩訖有什麼不對？是杜十娘自己要尋死的，爲什麼要我賠上性命呢？我只是犯了全天下男人都會犯的錯而已。」孫富在一旁爲自己辯解。

「呀！這些負心漢都有他們的理由呢！雖然有些是不負責任的藉口，可他們是這麼想，所以才會那麼做。」我可從沒想過，負心漢也有他們的苦水呢！

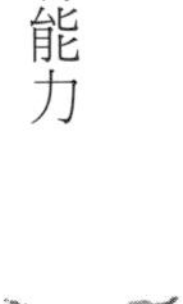

「我知道我錯在逃避問題，可我不知如何面對她啊！」李益坦誠道。

「是啊！我們都逃避了，面對困難誰不想逃呢？女人不會了解男人的一生要面對多少困難的。不是每次我們都有把握解決，不是每件事，我們想解決就能解決。所以有時候，我們只好選擇昧著良心逃跑。」王魁道。

「女人在閨房裡，接受考驗的事不多，所以她們逃跑的時候也不多，因此她們無法了解我們爲什麼需要逃跑。」李甲說。

霍小玉坐在地上，邊聽，邊沈思，一隻手拿著一根木枝，無意識地邊挖著地上的土。挖著、挖著。

「咦！這石頭好漂亮。」她從土裡拿出了一顆黃黃圓圓的石頭。

然後她也一展愁容，她柔柔地說：「我釋懷了。」

耶？我一臉困惑，聽那些臭男人講這些話，她不但沒有生氣，反而釋懷嗎？

「男人和女人的想法不一樣，感受也不一樣，可這就是男人。想對妳好的時候，把妳寵上天，也不管以後是怎樣，他就是要看到眼前最好的樣子。所以他可以爲妳一擲千金，要誓言他可以海枯石爛，以後的以後再說。困難來了，不能解決，就選一個眼前過得了的方法來處理。這就是男人，要嘛！別理這樣的男人，要嘛！接受這樣的男人！」小玉臉上散發著無限的溫柔。

她拿起手上的黃石說：「女人的愛就像這顆石頭，有時候被人看見了，是寶貝，有時候埋在土裡，不見天日。被男人珍惜的愛是寶貝，不被男人珍惜的愛，被踐踏，可不被男人珍惜的愛就不是愛了嗎？就像這塊石頭，埋在土裡，還是漂亮的石頭。

什麼是愛呢？像這塊石頭一樣，無論被視爲什麼，都堅硬漂亮；像這塊石頭一樣，被放在哪裡，就接受那樣的環境。當初，我明知自己的身分不配，卻還是愛上他了，所以只盼他給我八年的時間，成就我的愛情。現在我明白了，愛情不是全然甜蜜相守，也會有像這顆石頭埋在土裡的時候。那個逃避成性的男人，如果眞的愛他，就連他的逃避也接受吧！我體諒他的軟弱逃避。我的愛情不必跟他要八年的時間才能完成了，我不難過了。」

柔和的黃色光芒，包圍著小玉，她在柔光中向我揮手，光往茅屋的方向移去，那邊天空的淚光也消失了。

在透明玻璃裡面的負心漢們，依舊議論不停。

她們都走了，看著頗有得走的回頭路，我想，我應該醒了，可是我沒醒，還在外面，不是舒服地躺在床上。

「自己走回去啦！妳至今還認爲自己在作夢嗎？」青鳥又啄我。

這個夢還眞頑強。我問：「爲什麼她們的情石，都不同顏色？」

「十娘的生命希望得到保護，所以她找到了代表護養的青石；桂英追求公義，所以她得到正義的白石；小玉尋求完整的愛，所以挖出仁愛的黃石。因爲她們生命的特質不同，投射在愛情的追求就不一樣，缺憾不同，需要的能力也就不一樣，所以找到的情石就不一樣。」青鳥清楚地解說著。

「你說人們的愛情是生命所求的一種投射？十娘想要一個家，她以爲愛情可以給她一個家，桂英想要公義，她用愛情求取公義，小玉追求完美，所以她的愛情需要完成？」我難以致信。

不會吧！千古以來把人搞得七葷八素的愛情，它的本質居然跟代糖沒兩樣？

「別那麼失望，這也只是愛情的一個面向而已！小丫頭！好啦！任務完成，我也算對得起她們了。拜拜！」青鳥拍拍翅膀，翩翩地飛向天際。

喂！等一下，你沒說當初你出了什麼差錯，讓這三個人下場淒涼地要你找人勸解，才能脫離苦海！

哪有什麼錯？只是把她們丟錯出生的人家而已！

天際傳來青鳥逃避責任的話語。難道牠其實是送子鳥？！

青鳥走了，我應該醒得來了，可是沒有醒，所以很苦命地自己走回茅屋。

推開茅屋籬門，小張探出頭。「妳回來啦，怎麼沒找我一起去散步呢？下次最好找我一起去，妳沒有地圖，終南山有許多不爲人知的小路，人容易走丟了。」

耶？眞的不是夢嗎？難道這是終南捷徑的眞象？終南山有特殊的空間？

葉子出版股份有限公司

讀·者·回·函

感謝您購買本公司出版的書籍。
爲了更接近讀者的想法，出版您想閱讀的書籍，在此需要勞駕您詳細爲我們塡寫回函，您的一份心力，將使我們更加努力！！

1.姓名：___________

2.性別：□男 □女

3.生日／年齡：西元______ 年_____月 _____ 日____歲

4.教育程度：□高中職以下 □專科及大學 □碩士 □博士以上

5.職業別：□學生□服務業□軍警□公教□資訊□傳播□金融□貿易
□製造生產□家管□其他__________

6.購書方式／地點名稱：□書店_____ □量販店_____ □網路_____ □郵購_____
□書展_______ □其他____

7.如何得知此出版訊息：□媒體_____ □書訊_____ □書店_____ □其他_____

8.購買原因：□喜歡作者□對書籍內容感興趣□生活或工作需要□其他

9.書籍編排：□專業水準□賞心悅目□設計普通□有待加強

10.書籍封面：□非常出色□平凡普通□毫不起眼

11. E－mail：____

12喜歡哪一類型的書籍：________________________________

13.月收入：□兩萬到三萬□三到四萬□四到五萬□五萬以上□十萬以上

14.您認為本書定價：□過高□適當□便宜

15.希望本公司出版哪方面的書籍：______________________

16.本公司企劃的書籍分類裡，有哪些書系是您感到興趣的？
□忘憂草（身心靈）□愛麗絲（流行時尚）□紫薇（愛情）□三色堇（財經）
□ 銀杏（飲食健康）□風信子（旅遊文學）□向日葵（青少年）

17.您的寶貴意見：

____

☆塡寫完畢後，可直接寄回（免貼郵票）。
我們將不定期寄發新書資訊，並優先通知您
其他優惠活動，再次感謝您！！

廣 告 回 信
臺灣北區郵政管理局登記證
北 台 字 第 8719 號
免 貼 郵 票

106-□□
台北市新生南路3段88號5樓之6

揚智文化事業股份有限公司 收

□□□-□□
地址： 市縣 鄉鎮市區 路街 段 巷 弄 號 樓
姓名：

葉子
Leaves Publishing

書號 L3106 書名 愛鳥